路一直在给天空写信

杨超群 ● 著

中国文联出版社

图书在版编目（CIP）数据

路一直在给天空写信 / 杨超群著. -- 北京：中国
文联出版社，2025. 5. -- ISBN 978-7-5190-5924-8

Ⅰ. I227

中国国家版本馆 CIP 数据核字第 2025J14Q46 号

著　　者　杨超群
责任编辑　李　民　周　欣
责任校对　秀　点
装帧设计　悟阅文化

出版发行　中国文联出版社有限公司
社　　址　北京市朝阳区农展馆南里 10 号　　　邮编　100125
电　　话　010-85923025（发行部）　　　85923091（总编室）
经　　销　全国新华书店等
印　　刷　成都市兴雅致印务有限责任公司

开　　本　880 毫米×1230 毫米　　1/32
印　　张　9
字　　数　147 千字
版　　次　2025 年 5 月第 1 版第 1 次印刷
定　　价　75. 00 元

序 言

　　杨超群的诗歌创作，紧密关联着民族精神、社会环境
与时代风尚，是法国文艺评论家泰纳"种族、环境、时代"
三要素理论的生动实践范例。从文化传统的视角审视，其
作品带有鲜明而独特的文化印记，这一印记具体体现为独
特的地域性文化传统（种族要素）。杨超群于汨罗江畔诞
生并成长，在岳阳楼下的洞庭湖畔完成大学学业，而后在
衡山脚下工作。楚文化与湖湘文化的双重滋养，赋予了他
别具一格的文化气质。就环境与时代因素而言，杨超群积
极投身时代浪潮，曾于行政部门任职多年，后涉足商业领
域，丰富的阅历为其诗歌创作积累了深厚素材，环境与时
代共同塑造了他独具特色的创作风格。

　　《路一直在给天空写信》这部诗歌作品集，收录了诸
多主题丰富、风格各异的诗篇，是"三要素"相互激荡与
共鸣的结晶。这些作品围绕历史、自然、生活、情感等多
个维度展开，诗人凭借敏锐的感知与独特的笔触，为读者
呈现出一个多元且深邃的世界。

楚风湘韵：创作的文化根基

　　文化乃创作的灵魂所在，为其提供了深厚的底蕴与丰

富的素材。杨超群的作品深受楚风湘韵的浸润，汨罗江畔的风土人情、岳阳楼下的洞庭风光、衡山脚下的宁静岁月，共同铸就了他独特的文化气质。楚文化中瑰丽的神话传说、热烈奔放的情感表达以及对自然万物的敏锐感知，如潺潺溪流，润泽着他的心灵；湖湘文化所蕴含的经世致用的务实精神、敢为人先的豪迈气魄以及对家国天下的担当情怀，为其创作注入了坚实的思想基石与广阔的视野格局。

楚地独特的地域环境与文化传统孕育出浪漫奇幻的神话意象。在关于诗祖屈原的一系列诗作中，诗人以丰富的想象力，将古老的神话生物融入作品，营造出神秘而壮丽的情境。此情境引领读者穿越时空，仿若置身于楚地古老的祭祀场景之中，深切感受远古神秘力量与浪漫气息的交融。这种对神话意象的巧妙运用，不仅为作品增添了神秘色彩，更是对楚文化浪漫基因的传承与创新，深刻体现了文化传统对诗歌创作的深远影响。

杨超群深入挖掘传统文化内涵，巧妙地将历史典故、传统节日等元素融入作品，充分展现出他对文化的深刻理解与传承。在《我经过的地方都是我的前方》中，诗人以磅礴的气势、深邃的意象缅怀屈原，将楚国的兴衰、屈原的精神与历史的沧桑紧密融合。"我在楚国的身上等待自己／我在自己的身上等待楚国"等诗句，深刻地展现了历史与个人命运的交织，引发读者对爱国、理想等文化价值的深入思考。

其作品常穿梭于历史与现实之间。在《清明六题》《清明（组诗）》等作品中，诗人以清明为背景，融入祭祀祖先、缅怀亲人的传统习俗，通过对不同亲人的追思，展现家族传承与亲情延续的文化脉络，引发对生死、记忆等文化命题的深刻思考。诗人通过对湖湘大地标志性自然景观与历史事件的独特呈现,打破读者对常规事物的惯性认知,以新颖而强烈的方式展现湖湘文化中的家国情怀,使其诗歌具有强烈的时代感与现实意义,成为连接历史与现实、个人与群体的精神纽带。

在楚风湘韵的熏陶下,杨超群的作品自然地承继了楚文化的浪漫特质与湖湘文化的深刻内涵。读者能够从其作品中感受到对自然神灵的敬畏与亲近,体会到对生活百态、社会万象的深入思索与热切关注。这种独特的文化濡染,为其作品在意象构建、情感表达、主题挖掘以及语言雕琢等方面的独特性奠定了坚实基础,使其作品宛如一棵根深叶茂的大树,扎根于历史文化的厚土,枝叶繁茂于现代诗意的苍穹。

意象符号:构建奇幻诗意世界

意象作为诗歌美学的重要元素,是诗人表达情感与思想的重要载体。杨超群凭借对生活的敏锐洞察与独特感悟,将平凡事物转化为富有深意的意象符号,赋予作品奇幻的艺术魅力。

在其作品中,自然意象频繁出现,"鸣沙山""月牙泉""雪花""桃花"等自然景观,不仅展现自然之美,更承载着诗人的情感与哲思。"沙和泉让我们不停地思考/是沙成就了泉/还是泉成就了沙",沙与泉的意象组合,引发读者对自然共生关系的深入思考,体现诗人对自然现象的深刻洞察。

生活意象在杨超群的作品中同样占据重要地位。"老手表""夹竹桃""路灯"等平凡事物,经他的妙笔被赋予深刻意义。"我有一块老手表,经常罢工/只要离开我的手腕，不要多久／它就会停下脚步"，老手表这一意象与母亲等待的情节相结合，生动地表达了时间与亲情的微妙关系。《我有一块老手表》发布在中国诗歌网上时，杨超群当时只作为一般投稿，但点击量达到了上千！足见此诗让读者在平凡中感受到了不平凡的情感力量。

在《房顶钉痕》中，钉子这一日常物件被赋予鲜活的情感与记忆。"钉子有泪，会流出来／会沿着钉尖的方向寻找记忆"，诗人运用拟人化手法，打破钉子作为死物的固有属性，使其成为岁月的记录者。"去掉模板之后，钉子纯属多余／天下安定，有些东西必须连根拔除"，进一步将钉子的意象拓展到时代与生活的宏大语境中，引发读者对人生境遇和历史变迁的深刻反思，促使读者从全新视角审视那些被忽视的平凡事物背后的深刻哲理。

《带栅栏的月亮》展示了诗人在意象塑造上的精妙构思。"如果你在遥望／应该能够看见／月亮前面有一副栅栏"，诗人将月亮与栅栏这两个看似毫无关联的元素并置，颠覆读者对传统月亮意象的认知，营造出神秘而新奇的视觉与心理冲击。"如果你不认为那是十字架／几千年来，对于遥望的双方／月亮其实都背负着一具十字架／在风的门内呜咽"，诗人进一步挖掘，赋予月亮沉重的历史文化负担与人类情感的寄托，使月亮成为跨越时空的象征体，引领读者深入思考生命的意义、世界的本质以及人类的命运，彰显诗人在意象构建上的独特匠心与深厚的文化底蕴。

这些独特而丰富的意象相互交织，构成一个充满诗意与惊喜的奇幻世界。杨超群的作品宛如一场奇幻的梦境，让读者在平凡与非凡之间穿梭，感受诗意的魅力与思想的启迪。

多元交织：情感维度的细腻呈现

　　创作是情感的艺术，能够真实反映人类内心世界的丰富与复杂。杨超群的作品如一条奔腾不息的情感长河，流淌着细腻、多元且深沉的情感，全方位展现人性在生活磨砺中的真实状态。

　　在亲情主题的作品中，如《母亲只允许自己谈论死亡》、《母亲与我的黑白对峙》（此诗获评中国诗歌网"每日好诗"，并由诗刊"汉译英"翻译推介到国外）等，诗人通过对母亲重病后的细节描写，生动地展现了母子之间复杂而深厚的情感。母亲的固执、对死亡的独特态度以及与儿子之间的观念差异，在作品中得以淋漓尽致地呈现，让读者深切感受到亲情的深沉与复杂。

　　爱情主题的作品在杨超群的创作中占据重要位置。《七夕》中"这翅膀连成的桥／就我们两人走／人们都在黑暗中／看最亮的星星"，通过对七夕这一传统节日的独特描绘，抒发了爱情中的孤独与期待，以及对美好爱情的向往。而《从一千年前开始爱你》以浪漫的想象和富有诗意的语言，打破时间的束缚，演绎了一场跨越千年的坚贞爱恋。"一低眉你就是前世／再抬头我已消失／阳光删去了背影／睡眠中发生的一切／请你不要回忆／我要从一千年前开始／开始向今天跋涉"，每一个字都饱含诗人对爱情的炽热追求与坚定不移的信念，让读者仿佛置身于那段缠绵悱恻的爱情故事之中，深刻感受到爱情的强大力量与永恒魅力。这种对爱情的极致描绘，不仅是情感的抒发，更是对人性中美好情感的赞美与向往。

　　然而，杨超群的情感世界并非仅有爱情的甜蜜与温馨。在《常常独自流泪的人》中，我们能感受到更为复杂深沉

的情感交织。"茫茫白云之上，山巅筑起流泉冲刷的坟 /
回到万家灯火，四壁推开逼仄 / 那些常常独自流泪的人，
把来路埋进沉默"，诗人以细腻而饱含深情的笔触，刻画
了那些在生活中默默承受痛苦、内心充满挣扎的人们。他
们的泪水不仅是个人不幸的宣泄，更是对人生境遇、历史
沧桑的无声诉说。"有那么几个人，历史上仅仅几个 / 我
常常为他们焚香，在流泪的同时 / 袅袅烟缕，仿佛向上翻
滚的河"，诗人将个体的情感与对历史人物的敬仰、同情
相融合，拓展了情感的广度与深度，展现出一种跨越时空
的人道主义情怀。在这里，眼泪成为连接个体与历史、现
实与往昔的情感纽带，使读者在字里行间感到人性中那
份柔软而坚韧的情感力量，引发对人生苦难、历史变迁以
及生命意义的深入思考。

从爱情的甜蜜到生活的苦难，杨超群的作品涵盖人生
诸多情感层面，如同一幅绚丽多彩的情感画卷，每一种色
彩代表一种独特的情感体验，共同构成一个真实而立体的
情感世界。这种情感的细腻表达与多元呈现，既体现了楚
文化中情感炽热奔放的特点，又融合了湖湘文化中对人性
深刻洞察的特质，是诗人在两种文化交融下情感世界的独
特写照。

哲理探寻：深入幽微的思想之旅

创作不仅是情感的抒发，更是思想的表达与哲理的探
寻。杨超群的作品宛如一位深邃的思想探险家，深入生活、
自然、历史、社会以及人性的各个角落，挖掘那些被常人
忽视却蕴含深刻哲理的宝藏，展现出广阔而深刻的视野与
独特的思考维度。

其作品对生命、时间、存在等重大哲学命题进行了深入探索。在《时间都去哪里了》中，诗人发出“生是死的流逝，死是生的封存”的感慨，此句以凝练且深邃的语言，精准地表达了对生命有限性和时间不可逆性的深邃认识。这不仅让读者在直面生命的无常时，能够以更加坦然的心态去理解生命的意义，更引发了人们对时光匆匆、生命短暂的深沉思考，促使我们珍惜当下的每一刻。

《俄罗斯套娃》以俄罗斯套娃这一富有民族特色的文化符号为切入点，深入探讨民族性格、历史传承以及文化内涵等深层次主题。诗人通过对俄罗斯自然环境与外在风貌的生动描绘，如“唯有贝加尔湖蔚蓝的忧伤/才能装饰高纬度的眸子/它们有着极夜一般的深邃/蕴含伏尔加高浓度的热烈”，为读者营造出独特的地域氛围，为剖析民族精神气质奠定了坚实基础。贝加尔湖的“蔚蓝忧伤”，不仅描绘出湖泊的自然之美，更象征着俄罗斯民族内心深处的情感特质；“极夜一般的深邃”和“伏尔加高浓度的热烈”，则巧妙地将自然景观与民族性格特征相融合，深刻挖掘出俄罗斯民族既深邃又热烈、既坚韧又略带忧伤的独特精神内核。这种对民族文化的深入解读，不仅使读者对俄罗斯文化有了更立体、全面的认知，还引发了对不同民族文化传承与发展的深入思考。不同民族文化如同璀璨星辰，在历史的长河中各自闪耀，通过对俄罗斯文化的探索，我们也能更好地理解和尊重世界文化的多样性，这背后离不开湖湘文化开阔的视野与包容的胸怀对杨超群的深远影响。

《冰雪中的春天》着眼于自然与生活的微妙关系，思考在艰难环境下生命的坚韧姿态与前行的希望。“我要告诉孩子们，不要去敲打竹木/不要听冬天砉然掉落的痛楚/不要让枝叶猛然弹回雾一样的时代 / 也不要去踩地上的片片薄冰 / 这个时候，春天最容易骨折"，诗人将春天隐喻为生活中美好却脆弱的事物，提醒人们在面对生活的困境时要保持敬畏之心，懂得呵护与珍惜。"我要告诉远行的人们 / 你的焦虑，正是春天的焦虑 / 溜滑的道路，你要伸展四肢 / 把自己的喜悦降低重心，再降低重心 / 因为，远方还远着呢"，诗人将个人情感与生活体验融入对自然现象的描绘中，传递出在困境中保持冷静、稳步前行的生活智慧，使读者从自然与生活的交融中领悟到深刻的人生哲理，感受到生命的顽强与不屈，体现了诗人对生活的深刻洞察与积极向上的人生态度，也是楚文化对自然万物的敏锐感知与湖湘文化坚韧务实的精神在诗歌创作主题上的生动体现。

《中秋，是一服假药的万世品牌》对中秋传统意象进行反思，探讨黑暗与光明的关系，引发对生活本质的思考；《我们的内心都有两座湖泊》以内心的湖泊为喻，思考孤独、死亡等抽象概念。这些作品展现了杨超群诗歌创作深刻的思想内涵与广泛的社会价值，引领读者在其诗歌创作的世界中不断探索、思考，提升对世界和人生的认知水平。

音韵之美：富有张力的语言艺术

语言是诗歌创作的外在表现形式，也是内在灵魂的载体。杨超群的作品在音韵与表意之间达到和谐统一，展现出独特的语言魅力。

其作品用词巧妙、句式独特，"把明月删了""把云雾删了"，简洁有力的表达蕴含着深刻的情感。跳跃性的句式，如"我问过路 / 在问路的地方 / 把明月删了 // 我登过山 / 在上山的时候 / 把云雾删了"，打破常规的逻辑顺序，拓展创作的空间，激发读者的联想与思考。

从中国古代诗歌的音韵理论来看，讲究韵律和谐、平仄相间、对仗工整等规则，以增强诗歌创作的艺术感染力。在《沉落的轨迹带动世界一阵激灵——2014年的情人节》中，"今夜，优雅的弧线说话／那些鲜艳的盾牌／一层又一层裹挟／阵中的躁动／红唇轻启／于绿萼的基座上围坐／等待吹奏布满箫孔的眼神"，诗人运用一系列形象生动、富有动感的词，将情人节夜晚浪漫而暧昧的氛围渲染得淋漓尽致。语句的排列组合犹如优美的旋律，节奏感十足，使读者能够真切地感受到其中微妙而复杂的情感。这种对语言的精准运用和巧妙组合，不仅将抽象的情感具象化，还彰显了诗人对语言的敏锐感知力与高超的驾驭能力。

此外，诗人还善于运用各种修辞手法来增强语言的张力。"'中秋'两个字／是一服假药的万世品牌"，这一独特的比喻，将中秋与假药的概念相结合，产生强烈的讽刺效果，使诗歌创作的语言更加犀利和富有感染力。

杨超群的作品在语言艺术上展现出较高的造诣，通过精心雕琢的词语、巧妙编排的语句以及和谐优美的音韵，构建起一个充满魅力的语言世界。这不仅增强了诗歌创作的艺术感染力与审美价值，也体现了楚文化中语言的瑰丽奇幻与湖湘文化中语言的凝练深刻对他的影响。

在生活的起伏变迁中，杨超群始终坚守心中的诗意，将平凡的生活与诗意的美好相融合。可以说，他的诗歌创作是楚风湘韵在当代的鲜活延续，更是他诗意生活的生动见证。相信在未来的日子里，杨超群将继续怀揣对诗歌的热爱与敬畏，行走在广阔的诗意世界中，聆听来自灵魂深处的美妙交响，领悟世界的广袤无垠与深邃奥秘。在一场场精神盛宴与心灵升华之旅中，让诗歌的力量滋养心灵，让内心更加丰富、澄澈与坚强。

　　是为序。

　　　　　　　2025 年 1 月 13 日于南湖聆雨轩

　　（序言作者系中国作家协会会员，湖南理工学院二级教授，岳阳市教师作家协会主席，享受国务院特殊津贴专家）

目录

CONTENTS

辑一　岁月苍茫

辑二　似乎到过

辑三 爱恨交织

辑四　无法言说

辑一 岁月苍茫

亘古桃花

——祭一些精美的历史

夸父累了

顺手把桃林扔进《诗经》

羞红的歌喉

便这里一点那里一簇，绽放

也许唐时的阳光最明媚

也许唐时的门框最温馨

倚着它，微笑与邂逅

只孕育了一个高潮

浅浅春风

将一代又一代旖旎的心事传扬

却有一些

被长长的飞袖

抖进幽深的梦里

散乱的晚风

无法染成点点渔火

去照亮那条寻找不到的小径

还有一些呢

随马蹄飞舞

魂魄溅落在一把纸扇上

破碎的记忆

注定再也无法打开

于是只好沉埋

而眼泪太少

月光也太窄太薄

只能漂白你的容颜

无法漂白你的心

追赶太阳而生的花朵啊

为何总是旋进血色的宿命

在阳光里凋零

（2004 年）

以马为梦

前蹄一搭上晨晖
时间那恢宏的大氅就开始颤抖
阳光准备从云层后突破辽阔的风
大地立即拥有站起来的冲动
鬃鬣举起波浪的旗帜飞奔
一个王朝的绝望紧随其后呐喊
纷攒的尘埃静静盛开在摇荡的海底
仿佛一场声势浩大葬礼上的花朵
绽放的窒息慢慢扩散直至无处不在
长长的嘶鸣仿佛长长的背影
空空的群山无法支起放逐
到最后回响都无法收回
铿锵的叩问被冰雪一粒一粒收藏
汲尽苍茫的双眼猛然发亮
梦竖起的耳朵听到了热血在沸腾
那是冷却前的最后一次沸腾
醒来时我已泪流满面
我们的奔跑越来越快
但谁都知道已经失去了野旷天低
这本来就是一种奔向死亡的存在
很多事物也会跟着死亡
我们握着的缰绳是越燃越快的引信

它的速度使我们来不及丢掉

（2006 年 1 月）

　　注：海德格尔说，人是一种奔向死亡的存在。毫无
疑问，在当代社会，马肯定是一种奔向死亡的存在！

梦想 2007

——兼致聂沛

握住自己的泪水
让死过一次的东西
再一次死亡
把心脏举高
尽可能举高
使血液离开思想
取走全部的云朵——
那只不过是天空那床被子的旧絮
装上风
装满内心的尖叫
打马驰过幸福的人群
和开满鲜花的山坡
去追寻落日的尊严
当月光开始雕琢人们的内心
握紧自己的泪水
让死过一次的东西
再一次死亡

阳光从背后照射过来

拍了拍我的肩膀
阳光从背后走过来
带着一种谦虚的霸道
那种感觉
我在春天的花海里体验过
我的背如此幸福
就像胸膛为世界的苦难敞开
此刻仿佛有齐天的海浪
有灼热的巨大的山崖
紧紧依靠
阳光推着我前进
阳光推动我走向明亮的深渊
我未曾迈步
却已经达到世界的峰巅
那里万物肃穆
万物开始从背后思考
阳光压榨出一切事物的内心
甚至内心的阴影
我发现那是另一条船
永远朝着不同的方向
永远共用同一个舵
只有侧身

侧身为光明让路时
我们才能踩在自己的船上
阳光从背后照射过来
所有的隐喻走到前台
我们漂浮在滔天的真实里
双手不停地划着
拼命地想游到自己的前面

（2007 年 11 月 15 日）

路一直在给天空写信

当　成

把一块巨石当成一片云

把一片云当成一片云

把一片云当成一块巨石

把一块巨石当成一块巨石

把自己当成什么
你常常无法确定

（2007 年 11 月 22 日）

辑一　岁月苍茫

我再次写到闪电

我多次写到闪电
却总是赶不上
它的锐利和深刻
刺刺燃烧的鞭笞
无限伸展的根系
愤怒奔腾的九曲黄河
天空中一条思想的峡谷
这都是我过去的解读
虽然它宽容亵渎
也并不妨碍我内心瞬间明亮
但我仍然不能像闪电
迅速地抓住本质
迅速地使光芒区别于虚假的声势
迅速地在分不清的氛围里
显露自己嶙峋的骨骼
并点燃决绝
轰塌庞大的沉闷与黑暗

（2008 年 11 月）

父亲，清明节快乐

多年来你很少跟我说话
再大的喜悦
或者再大的伤痛
你都那么地平静
父亲对于儿子
幼年一天的话
也许超过以后几十年
对视片刻
知道很多话都是多余
就像今天隔着一层黄土
而此前你一定有很多话要说
就像你死后我写给你的诗
多年前我很少问候过你
是的，好像都不需要问候
你只有微笑
微笑着忙碌
你的忙碌就是回答
就是跟我说话
但是，今天是你的节日
你也许在休息
父亲啊，清明节快乐

（2013 年 4 月 3 日）

茗香会

有时候死亡是最好的周全
譬如水之于冰，譬如希望之于绝望
就像在青翠的枝头被突然掐走
全部生机封存在沉默的巨恸
日渐枯萎同时是日渐收敛
一缕香魂埋葬于一个寓言
那是春风竖起的尖尖耳朵
倾听阳光在时间深处慢慢涨潮
泪于回忆湍急的底部结满霜
到底向一泓秋水松开了紧握的秘密
心事最终翻腾起舞
渴望升起片片归帆
幽香仿佛正编织一条辫子
在春天的后腰飘摇
蜷曲的灵魂被抓痒得浑身舒坦
沿着呼吸深入渐渐通透的宇宙
一寸一寸释放阳光的澄澈
一寸一寸交付生命的珍藏
有时候幸福就是向着死亡
缓缓展示辽阔的风雨
尽管那只不过是短暂的花期
就像香消玉殒，就像香溶于水

（2014 年 1 月 26 日）

霸王别姬

英雄的终点往往也是美人的终点
无法分割的历史谕示紧紧相连的命运
就像一旦走进阳光，阴影也就立即消失
如果时光真能穿越，请允许我再一次
披着两千多年前的风雪生离死别
尽管还是选择死亡，但我却要死在英雄后面
本来不是霸王离别我而是我离别霸王
生前的霸气既已笼罩了江山
死后的叹息却是冷透了千古
唯我落花一样地飘零慰藉着古往今来
都希望美人为英雄死
而且美人一定要像英雄那样去死
没有蹚过乌江的不只是霸王
还有那剑气上附丽的厚重雾霾
美人为什么一定要死在英雄前面
死在英雄后面难道不是爱的决绝
寒光一闪，一座高山倾倒在似水柔情
惊涛拖动满天残霞涤荡了内心的阴暗
我还给你生如春花心如死灰
也还给你真正的顶天立地
没有半点强迫，英雄越过了美人关
没有半点迁就，美人迈过了英雄坎

看着一个传说在风中吹散
任由一口深井在雨中枯萎
最好让我浓墨重彩挥舞广袖
在湖光山色里捧起一杯清香
萦绕着对你的袅袅思念
把心葬在万古不灭的风里
美人的起点也许是英雄的起点

（2014 年 2 月 7 日）

路一直在给天空 写信

新年快车

我听到时间被剥离的声音
带着诡异的冷笑，层云沿着阳光的金线
（那是从谎言中抽出的骨骼）
在风中陡然立起并迅速洞穿
怯弱拼成的旗帜
呼啸是最大的空虚
如同一个人在旷野
无所事事却又装腔作势来回奔跑
一群人守着共同的躯壳
怡然自得各自咀嚼内心的光明
铁轨并不想和车轮同时到达目的地
但远方还是铁轨
冰冷的嘲笑泛着森森光芒
（就像人们为一个白痴生气并被挟持）
在开始蜕皮的瞬间
我们就已举起双手
准备托起朝阳这新生的婴儿
突然发现它的全身起了厚厚的茧
从列车这支飞笛里流出的音符也起了茧
就像欲望早已随时代轰隆向前
而疼痛才刚刚起步
或者假装还没有感觉到

但是每个人都已经明白
我们恰恰多剪去了一点指甲
看似无关紧要
一旦触摸却阵阵酸疼
那是新的铠甲在渴望生长
只不过血液已经奔流到前面
它搬运的幸福没有同车到达
这是一个寓言
感觉不到疼痛后的生长
仿佛都是多余

（2014 年 2 月 19 日）

春天来了，谁去接桃花

谁抚慰冬天暴虐的痈疖，青淤的手指揩满泪水
谁鼓动内心慢慢沸腾，蓄积的火焰悄悄膨胀
谁抬起颠簸的轿子，摇晃沉甸甸的喜悦
谁伸出明晃晃的短喙，啄破春天羞涩的心房
谁竖起尖尖的耳朵，谛听阳光沉醉的呢喃
谁挥舞流火的鞭子，升挂无数鲜艳的征帆
谁领着春风奔跑，带动大地燃烧
谁吸引天地红唇翕张，随时准备
给慵懒的时间一个锐利的吻
春天来了，谁被一场雨浇透
谁的容颜和骨骼都渗透着春的光芒
谁从内心抽出一条闪电
谁去接桃花

（2014 年 2 月 21 日）

更多时候

更多时候，我在努力回味
那些突然闪现的事物
它们与春天的会心一笑
有意义的顺序
深刻的疼，敏锐地衔接上一个意象
和它消失时的惋惜
就像与一个陌生女人相遇
瞬间爱了一下我
那一刻她超脱尘世全副真心
饱含深情的明眸瞬间消失
而我偏偏要苦苦追寻
偏偏要把远逝的彗尾
定格于梦中爆发的灵光
我抓到了无尽的懊恼与喜悦
在历史长河中很多人没有及时醒来
恰好站在光芒喷薄的时刻
这多么像我的祖国
在宽广的雾霾中
强烈地爱了一下我

（2014 年 3 月 5 日）

罚

——以春天为背景

镜子
自己不能擦拭自己
穿过空旷的迷茫
一朵花是阳光
整个春天却滋生广袤的锈
真相的门槛悄悄抬高
好像谁的心灵都没有腾空
但孤独最终接受了自己的失速
你抖落一身的轻松
发现沉重已深入骨髓
你迎接浩大的繁盛
知道寂寞已跌落内心
一半是惩罚，一半是救赎
一半是宣扬，一半是揶揄

（2014 年 3 月 12 日）

辑一 岁月苍茫

清明六题

1. 给祖父

这个清明我有足够的时间怀念你
如同你带着我在低矮的阁楼睡了七年
除了齿粗棱利的神怪故事
没有接受的还有浓烈的狐臭
它是夜晚弥漫的月光
把叔父们作业本没写完的纸
一张一张翻找出来
教我从一写到卅
那是你认识的所有文字
世间如果只有这几十个字该多好
生前我没有机会报答一丝一毫
死后二十年为你修建了一座简陋的墓
那其实是你不再需要的阁楼
每次经过那里
仿佛就看见你坐在风中
身后是一堵泛黄的矮墙
戴着黑色的冬帽穿着黑色的棉衣裤
如同一个黑洞
吸尽了冬日暖阳
那应该是我童年的体温

突然，我感到它们
全部回到了我身上
回到了低矮幽暗的阁楼

2. 给外祖父

在秋天金黄的稻田边
你的轻言细语
就像低垂稻穗的摩挲声
我感受到了大地微微的颤抖

短短六十年
你看过我六次
而我只记得三次
十年一次的频率和二十年一次的记忆
都被贫穷和滔滔沅水稀释

你死时父母没带我去奔丧
即使我去了也不知从何哭起
世间最悲痛的事莫过于喑哑
莫过于自己的血脉远在他乡
而殁时睁着一双空空的望眼

那个下午的阳光如此灿烂
每一根稻芒都在晃动你的双眸
你知道它们尖锐得像针
依靠微笑，你
维持在崩决前短暂的幸福里

3. 给祖母

宽大的围襟像一块地膜
覆盖了祖父那朵孤云
无望的流浪长出一片树林

乞讨的踪迹是一个个逗号
散落于湘北山山水水
身后一张张嘴巴在咂吧你的背影
你用自己的饥饿粘起了饥荒岁月
也把世人的眼光
粘在每个子女的笑容里
而那些夭折的孩子
则是你夜晚的星星

所有的大事都做完了
孙辈们一个个走出摇篮
你坐在一个高屏的木围桶里
开始摇晃一罐芝麻姜盐豆子茶
生活被摇荡得有滋有味
在那金黄的旋涡里
幸福均匀地流到每个人的碗里
也淌进每一个日子

最终
你端坐在木围桶里
给自己画了个句号

它和打狗棍一样支撑起你的孱弱
只是你的头侧向一边
那应该是你
只允许自己回味的方向

4. 给妻祖母

只差四步就迈上百级台阶
高处不胜寒，就不上去了
三个世纪的风云都如过眼烟霞
岁月雕刻了一枚核桃
把时间砸得都生痛
这已经够了
平静的呼吸冲出沟壑纵横
每一条里都收藏着微笑
且慢，且让我
数一数围在床前的后代们
那将是多么广袤的森林
它蕴含着多少时间呀

5. 再给父亲

你比自己的父亲晚死十年
比自己的母亲晚死三年
比自己的女儿晚死十年
而早的是
你十六岁就当家
借遍了春夏秋冬

拉扯大了五个弟妹

承担了如山债务

二十六岁当队长

把几百亩地和水面收拾得井井有条

把一年四季安排得妥妥当当

一身瘦骨左支右绌

从来没有盈余

自然或者不自然

幸或者不幸

都在你五十四岁时终结了

无法终结的是我对你的怀念

这是我写给你的第四首诗

相信以后还会有更多

但我不相信的是

贫穷能使人快乐

辛劳能使人健康

忧虑能使人长寿

6. 给亡妹

密密匝匝的雨棱

焊紧天和地

远处是苍茫

近处是迷茫

水花立开立败

春天即盛即衰

对于夭折的你

父母和兄长都不能送葬

送你去何方
迎你在哪里
每一滴雨都是你的脚步
每一朵花都是你的笑颜

（2014 年清明节）

旧留声机

尖细的高跟鞋
踏上落日熔金的湖面

寂寞开始涌动
深藏的幽怨卷起旋涡
淹没从回忆起步
花叶飘零，晚风轻扬
钟声的结缓缓解开
黄昏垂下一线天空
放飞尘封的翅膀

水已暗自盈盈
干枯望眼
注满时间的甜蜜
那些光芒
正从失落的边缘逃逸

走了这么久
却永远不能到终点
中心仿佛拢聚荒芜的坟堆
一定有什么东西反复被埋葬

在起茧的冰面
留下孤独的舞姿
细微的痕迹
正是渐行渐远的跫音
带走深深缅怀

（2015 年 9 月 1 日）

辑一 岁月苍茫

皮　影

已经很薄了
历史只剩下几个表情和动作

把影子镶在梦里
帘外一条辉煌的河流
晶亮星子和哑然失笑

被拿下又被拿上
一个人就够了
黑暗可以兼任一切
英雄都是这样远去的
别人组成舞台

仅仅隔着一层纸
内心的光明
就可以出卖

（2015 年 12 月 25 日）

潺 热

总有无法平复的时候
内心的褶皱开始奋力张缩
天空都被夹得疼痛
人们四处碰壁
一缕烟火被焦灼点化
潜流肆意溻漫

突破之后就是酣畅淋漓
历史的岩壁上遍布珍珠
晶莹的事物在火焰上滚动
洗礼使人肃穆
随风而去都是释怀
光辉坐实于宁静中
空乏意味着彻底愉悦

（2016 年 5 月 3 日）

清明（组诗）

1. 我与世界隔着清明

我与世界隔着清明
隔着重重雨幕沉沉乌云
缤纷花朵以及
通向另一个世界的幽径
鞭炮站在序曲之外
咀嚼一年一次的夸饰
各种树木泛出青黄的馨香
泥水在裤管上标注牵挂
我无法到达
像人们经常无法到达内心
并与自身和解
矮矮土堆，方方墓碑
连通两个方向
一次驻足，片刻肃穆
就可以安慰被埋葬的时间
人世怔住在刹那愧疚里
大部分都是忘却
是的，只是偶尔
才面对归宿
谁有一条更长的路

像炊烟找到灶

和灶内熊熊烈火

每个人都在句号前拼命添加救赎

刚刚踩歪的野草

立即在身后复苏记忆

暗示在风中传播

亲人啊

而我与世界竟然隔着清明

隔着死亡那种

彻悟之前疼痛的冥想

（2016 年清明）

2. 清明，那些碑

历久弥新的封面

沿着缓缓山坡

一路推挡风雨

记忆如纤细凿痕

散入满岭青翠与幽香

作者都在尘世忙碌

一年只有那么几次

来读这掩埋的书

内容早已烂熟

烂熟到一片空白

空白到只剩下一张封面

白日是最大的盲

只有月光浮动

一个字才会变成一点星

封面如手机屏得到亮度

密码打开人间烟火

朗读的声音

浸满空空山谷

和内心盛大的虚饰

清明

络绎不绝的人

也就是在封面上

再署一次名

再加深一次日渐淡薄的恐慌

（2018 年清明）

3. 清明节梦见已逝亲人

赶了多远的路程

风尘仆仆

久远的衣裳汗渍斑斑

还是像过去一样

不知道如何安慰

只是先拿出礼物或若干

被时间揉搓很久的人民币

但我没有接

于是你们环顾四周

找我的家人

你们怎么得到消息
知道我在这么个地方
难道念叨
能够传递到地下
并使你们坐立不安
带上了子女
阴阳两隔竟然走在一起

出行是一生中很慎重的事
除了年节或红白喜事
怎么应付熟人的探问
穿过村庄走入城镇
在拥挤的公交车上沉默无言
问过路吗
怎么通过询问进入高墙
带着那种坦然承受的羞涩

我不能奉上一杯茶
也无法让你们坐下
只能站在周围
那种沉默的慈祥
像春天温暖的阳光

我还有十个月才能回家
那时很快又到清明
在衰草披离的坟头燃放鞭炮

并深深地鞠躬
惊动无所不知的村庄
包括你们

谁会想到逝者
已提前看望过了生者
在猝不及防的梦中
阳光晃晃的梦中

（2018 年清明）

路一直在给天空 ✉ 写信

秋　分

黑色的时间，白色的时间
向岁月两边暧昧
一柄刀上黝沉的背锋利的刃
谁能骑上光阴，即将打破的平衡
享受虚假的荣光
哦，你比我黑多一些
我比你白少一些
命运紧紧相随

黑色的温度，白色的温度
被风包裹在日渐消磨中
我们捂着内心的疑问
看着温暖在脊线上游荡
阴影融入欲望
水滴入自身的漩涡
谁的体温在下降

黑色的寓言，白色的寓言
从来没有这么明显
譬如春分，人们放弃了慵懒的等待
绝望开始苏醒
而这个时候

最适合写下模棱两可
压制住那些悄然消退和滋长的意念
就像我写这首诗

（2019 年 10 月 6 日）

从明天开始相信时间

从明天开始，相信时间
相信自己是一个流浪汉，向它摇尾乞怜
它是我最缺少的东西
超过信仰、爱情和受到的惩罚
只有它才能终结自卑与怯懦
而刽子手，一切终将由它颁奖
包括死亡和新生
所有沉默都将获得荣光
那是被黑暗隐藏的山峦
相信时间，相信还要感恩
努力证明终结过往
并非虚假或毫无意义，对我而言
那些志得意满的嘲讽
无疑是卑鄙泄露的隐私
你们之所以还在背后窃笑
无非，我还能和你们
共同经历一段时间
但是，我能挤出黎明
写下你们要央求我写下的诗歌

在我的墓碑上
将刻下：我蔑视

（2019年10月7日）

重阳起了空旷的潮

千里之外都是阳光
酒，灵魂中的火焰
静静燃烧岁月
多少人往上攀登
而花瓣总是沿时光纷披
金黄的手指勾住远方
思念提起露珠灿烂的链条
谁从风中摘取一朵光轮
准备安放在鸟群跳荡的鸣唳上
馨香吹拂渐渐霜重的旗帜
是的，一切都似乎放过去了
群山迎面而来
问候在内心撞击
一条辉煌的河流
起了空旷的潮

（2019 年 10 月 7 日）

江　山

围绕墓地，母亲掏出一圈菜地
她重病后，也常去那里看一看
不时买来种子和化肥
边上的树丛里藏着锄、扁担和水桶
几个月来，除了护理她
我做得最多的是挖地、浇水、施肥
面对父亲的墓碑，她像捧着圣旨
她代父亲巡治两个人的江山
而我像一个佃户在租种他们的土地
看着自己的时间
在别人的江山上生机勃勃
母亲说：你是一个没有江山的人
这句话常常使我夜不能寐
我确实不像母亲
即使重病住进省城医院
也确信自己还拥有一片江山

（2019 年 10 月）

一群负暄老人

石板下的小草，松动时间
成千年岁镇压不住寸寸光阴
恐惧如同阳光，令人温暖
并使回忆沿墙角
维持一条黯淡的河流

风从很远处吹来
人到尽头
沉默是一条更深的巷子
很卑琐的怯懦
反而超越一生的惊涛骇浪
自嘲从干瘪嘴唇
冲出条条沟壑

从前不敢说的
谁都敢说，现在
不能搅动生活了
任性是死水的疼痛
一个眼神足以释怀
昏黄中谁轻撩银丝
曾经的歌喉
绽开一朵接一朵野菊花

故乡都回去过了
庞大的交代只差一步
终于没有做成什么事
但似乎什么又都做成了
庄严如一场大雪
覆盖即将来临

（2019 年 12 月）

辑一　岁月苍茫

冬 至

沿着饺子的屋脊行走

芳香旋成巨大的指纹

一枚遗传的印章

盖在盼望的透视里

那是归程的起点，倦意的终点

家向着天地敞开

风雪深入渴望飞舞

温暖在血管里一节节地爆响

一切都在悄悄累积

一切都在轰然释放

时间统一了酸甜苦辣

倚在深深的呼吸里打盹

冬至是唯一能迟滞时间的刹车

沉静闷在梦想里发酵

一片雪花呵护一个脚印

一滴冻雨撒播一粒种子

孤独带着思念的抚慰风尘仆仆

在感觉即将最淡的时候

灶火，突然从冰凝的脸庞

升起一片片飘忽的红叶

（2019 年 12 月 23 日）

等 雪

说是累积了满天的
迷茫和清醒

无数朵六角梅含怆
准备酝酿一场旷世倾泻

不是在绝望的时刻
期望哪有那么宽广强烈

那个兀自徘徊的人
和那阵转身离去的风
都曾经把内心退潮似的腾空

（2020 年 1 月 18 日）

辑一 岁月苍茫

043

我们的诗其实就是一剂药方

——兼致甲乙丙丁兄

一位写诗的兄弟，他经常发布中药处方
感冒，抑郁，白血病，多发性骨髓瘤
诸如此类，都有经方，且有名医实证
《温病条辨》《汤头歌》《黄帝内经》
《伤寒论》《千金要方》《本草纲目》《神农本草经》
还有各种民间偏方，只需适当增减
每一种都对应金、木、水、火、土
每一克都感应内心的颜色以及好恶
兄弟他有一颗医者仁心，他希望我们没有病
包括我们的亲友，有病了，也能治好
就用他介绍的方子，被无数人证明了的
他介绍的每个方子，其实就是一首诗
一首包含了天地山川风雷雨雪的诗
里面的每一个字，都关系草木虫蛇飞禽走兽
兄弟，我要感谢你的提醒
每一首诗，其实就是一剂药方
我们要用大地上的一切，成就诗歌的健康
人吃五谷杂粮，哪有不生病的
我们写下的文字，写出的诗，也会生病
在治好它之前，我们先要治好自己
我们先要拿着万物，校正自己

毫不留情地增减，哪怕一丝欠缺或多余
然后，让每一个字都显示
有力的脉搏、旺盛的精血、强烈的正气
最后，像传世经方，在没有奖项和刊物的时代
被生命的疼痛铭记和流传，成就
一首诗对时间的疗效

（2020 年 4 月 28 日）

十三楼的立夏

在高处，时间都有虚假的声势
节气总是往上走，它有一把看不见的梯子
搭在恐慌的危崖边，风在无助中陡然伸直路径

深夜，陌生的燥热
温暖久违的陌生，一个怨妇
积累了整个春天的冲动，终于无所顾忌
推撞虚掩的窗子，灌输撕心裂肺的哭诉
泪水都打在透明的拒绝上，强行钻进来的
是内心的喧嚣和尖厉，仿佛孤独者
逼迫世界举起旗帜，挥舞他的雄心壮志

一切早已在沉睡中被占领
惊醒之后的都是尾声，就像生死无奈的攀爬

（2020 年 5 月 6 日）

另外一个母亲

我过去所写的，是很多母亲

我抽取了她们少女时摘下的一朵花，春天里
莳过的一行秧苗，远处走来一个身影
一生中少有的红光满面，初为人母时
挤出的一滴带血的乳汁，整夜哼过的一句童谣
沉重的日子，皮肤积累的一层太阳的粗粝
风雨归于腰部后的一围扩展，织纳千里中的
一段针线，一根白发隐藏的赫然醒目，以及
开始对生活伛偻时的一点倾斜与颤抖

而现在，我要写的只是另外一个母亲

一个不想在视频里展示安慰，不屑走入人群
扭动僵硬的时间，不愿放过一丝龃龉，转眼
又忘记恩怨是非，无缘无故泪流满面
让秋雨滴打一整夜的残荷，像记得药丸一样
记得每一笔人情，向孙辈乞求死后哭灵的保证
对儿子和媳妇，要求速度的同时，还要保证态度
偶尔一点微小的声响，都要起诉到丈夫的遗像前
坚决支持火化，旋即又担心焚烧的疼痛
对身后的安排兴致勃勃，立马又把琐屑珍藏

在一只旧木箱子里，反复视察内心排列的顺序

母亲啊，另外一个母亲
仿佛一盆枯萎的花草
留给我们的，是葳蕤缠绕的根系
像一只刺猬，允许一只幼小的刺猬待在身边
仅仅保持一根刺的距离

（2020 年 5 月 7 日）

母亲只允许自己谈论死亡

重病后，母亲很沉静，她
开始以另外一种方式说话
除了自己，她不允许任何人谈论死亡

她像一个绝对真理的拥有者
笃信自己说出的死亡，才是真实的
而其他人都是在对死亡说谎

她相信自己跟死亡最亲
黄昏的窗前，夜晚灯光下昏坐沙发
不时喃喃自语，让我以为她在跟死亡说知心话

死亡仿佛是她夭折的女儿，她要弥补过去
未能满足女儿的，女儿已经代她死了一部分
终于要全部死去，她爱上了日渐临近的死亡

（2020 年 5 月 7 日）

辑一 岁月苍茫

母亲与我的黑白对峙

四周都是楼宇，即使白昼也很阴暗
母亲不愿意开灯，这当然是节省
她也知道，省下的钱，买不来多余的明亮

我只要走进房间，第一件事就是开灯
对此她无可奈何，她也阻挡不了
白昼还需要一通鲜亮的包装

我一离开，她就关灯，坐在阴暗里
她习惯了阴暗，喜欢坐在黝黑的潮水里
以礁石的形式体会尘世晃荡

对于依赖眼睛感受世界的儿子
她是如此不屑，她不认为我还没到节点
像她一样，我的前路似乎也没有太多的光

在一套房子里，两颗黑白棋子
就这样对峙在共处的时光中
像呼吸一样，那些微明，反复劫争

（2020 年 7 月。此诗获评中国诗歌网"每日好诗"）

中秋，是一服假药的万世品牌

1

潮水从未拉下制动闸
云海，光轮边缘扬起滚滚烟尘
被抛弃的事物无限膨胀
而留给当前的只有高陡的虚白
仿佛亘古冰川

磨砺亮出闪烁的刃
鞘空阔而苍茫
黑暗被一点点剔空
它被什么装下了呢
明月横行古往今来
张若虚、李白、杜甫等，还有渺小如你我
都替它遮遮掩掩
没有一个人想到放开黑暗
没有一个人为黑暗签具通行证

群山、城堞、闺楼、戈矛与骸骨
都是栅栏般黑硬的影子
面对晃晃月光
谁都害怕它们会爬进一条河流

在月光下的人们
饮酒、喝茶，意兴飞扬
谁都不会望一眼明月
准备从古井里掏出啤酒一般的内心

"中秋"两个字
是一服假药的万世品牌
总是被我们心甘情愿高价购买
用来治疗身后紧紧相随的黑暗

2

亲爱的，我已开出一张支票
背书就是明月
你可以买天买地甚至忧愁
唯一不能网购的就是爱
隔着万众瞩目那广阔的黑暗

亲爱的，两个字是禁令
如果我们没有在黑暗中
看到彼此的黑暗
我们怎么能享受光明
怎么能让一切口是心非
戛然地停在光明前
并潮水般后退消失

亲爱的，黑暗才是最大的消费市场
犹如夜市提振经济

让我们放下内心的光辉
放下贫穷、忧郁、疾病与梦想的羞涩
在黑暗中寻找眼前的明亮
然后举杯，浇灌历史的光芒
然后若无其事，回家

（2020 年 9 月）

辑一 岁月苍茫

秋 风

如何理解秋风
我感到和写诗一样艰难
这么多年我坚持自己
就像秋风一样应季降临
却被告知跟不上它的步伐
说是没有连接夏的热烈，带给冬日暧昧
总是余留片片鲜绿，甘心面对苍黄的厌恶
压抑馨香，喜欢跑出暗室在旷野挥发
不够沉缓，不够委婉，欠缺灵动
没有借叶子说话，拒绝给影子机会
希望所有的倒伏都畅销
舍不得丢掉那些有伤口的事物
让它们带着疤痕走到人前
我像怀疑自己一样怀疑秋风
为什么不能光秃着手投票
而对零星的暗示遮遮掩掩
为什么总盼着上市，但害怕时间贴标
袒露黑铁一般的躯干，却支撑不了空旷
扫拢自身的腐朽，滋润不了自身的根系
为什么还要吹，成熟了还要吹
离冬天这么近了还要吹拂
你有寒风彻底吗

（2020 年 10 月）

火焰上的舌尖

那些离开火源的火焰，很快就凋零了
然而枯叶或残花，它们都到哪里去了呢
像人生的况味，立马就消融在被割掉的舌尖吗

跟随风走，滋味伸得够远
跟随风走，热烈最容易寻见刹那的浓淡
跟随风走，瞬间就能舐遍他人的黑暗

只要不断燃烧，就会不断试探
那是内心深处的手，抓回的都是失落
孤独提供了全部的丰富，也撕烂了所有的虚无

让时间慢慢熄灭吧，慢慢缩回虚张声势
幻想燎烤世界，同时也燎烤自己

最终，一切都会涅槃
剩下灰烬，在寂灭中咂摸幸福

（2020 年 12 月 4 日）

辑一　岁月苍茫

多少钱能买回心中的寒意

打开电暖桌，按下四个方向的键
把底板的加热也完全打开，寒从脚上起
盖上罩被，从脚趾到大腿瞬间就暖和了
按一次全加，温暖又加大一分
按一次全减，温暖减少一分
十余天后，收到欠缴电费的通知
计算一下，电暖桌平均每天消费十余元
温暖增减的时间，可以计算出价格

可是，如果置身风雪中
而且，还翻看一本书，时缓时急
那心中的寒意，是多少钱能够买回来的
寒意的增减，每一段时长怎么开出价钱

（2021 年 1 月 21 日）

路一直在给天空 ✉ 写信

056

你已经问过春天

你已经问过春天
没有必要再来问我
问过春天的人
都问过道，于盲

我和你一样，在春天里哑口无言
无法做出雨滴一样的选择
甚至，我们在春天里根本就不会发呆

作为果实，我们越过盛大的歌哭
提前腐烂在时间的五彩斑斓里

（2021 年 2 月 27 日）

2021 年雨水

欺瞒，盈满澄明
那些空旷和失落，正是这种颜色
此刻和以后，毫无察觉的淹没使人迷茫

无法自拔，比慢慢滋润更加不易警醒
哀伤渴望在时间中浸泡，并紧贴时间凸现曼妙
对于这样的空浮，谁都无所适从

恍惚中祖父披上蓑衣，肩坎上珠帘滴落凝视
他嘟嘟囔囔，小声咒骂习惯了的事物
雨水没有下雨，居然尽是阳光

没有湿意，你们干渴的心灵在等待什么
而阳光就是一场洪水，冲决了堤坝
所有生死已经烘干，谁也无法夺路而出

（2021 年 2 月 18 日）

端午，万物飞翔

波浪之门夹不住衣袂，云朵跟进江水的内心
舟，细密的长脚扣眼，沿着襟怀固定时间
河流披上蔚蓝的天空，艾香开始熨烫远方

（2021 年端午）

中元节

给逝去亲人烧纸钱，一般在路边
曾经熟悉的道路，亡魂会再次莅临
会找到几堆写着名讳的灰烬与余温

香烛点点，浓烟滚滚，风不急不慢
傍晚获得神秘暗示，草木舐遍惊慌
暗火推出明火，汗说出更深的汗

突然，我想给自己
给离开自己的那些灵魂，送上一串安抚
哄骗它们回到从前，回到来时的道路

那些亡魂多真诚啊，只要一缕烟
他们就会悄悄回来，扒拉我们留下的虚无

（2021 年 8 月 19 日）

刁 难

父亲坚持打一张春桌，八仙桌的缩略版
桌面不盖过四条桌腿，当然全部是榫卯

年轻的木匠一脸迷惑，他反复劝父亲
那样要工多些，划不来，不合算

我就打一张桌子，不要钉子钉的那种
我要它随我怎么搬，也不会松脱

现在用钉子钉，再用胶水粘，也不会脱
而且，现在都是这样打桌子

你会不会打，既然会打，我就打一张春桌
现在都是这样的桌子，你为什么要打一张春桌

父亲一脸困惑，我不是不出工钱
木匠一再摇头，现在都不打这样的桌子

我喜欢几下几下钉好
我喜欢一个榫一个卯对接好

骨头断了，现在都用钢钉接

人的骨骼天生就是一套榫卯

（2021 年 8 月 19 日）

路一直在给天空写信

白　露

最终，狂躁结出泪水
纯粹的事物只允许白轻浮

千万里夜色悄然沉淀，风满怀愧疚
光芒惊醒虚无，细微的蠕动竭力安抚时间

谁有珠圆玉润的梦，短暂的幸福充盈天地
大河静静移动，波澜不惊，它不习惯频频回首

所有的鸣叫似乎都有成串滴落的果实
这铠甲上的亮钉，暗中滚落所有浮华

（2021 年 9 月 7 日改定）

辑一　岁月苍茫

立冬当晚

晚归之后，觉得毯子应该薄了
妻子在老家，似乎预感到屋内的温度
没有叮嘱，一个成熟的人都能体会
愿望像被芯与被套，什么时候最适合
取决于一条拉链般的思念
一切整齐有序，一切悄然咬合
岁月蛇行的光滑与光线快速掠过的模糊
有呼吸蹑手蹑脚溜进中年寒意
盛开洁白的花朵，那些路灯
也被晕眩套装，风竭力压实它们
虚假的温暖，放跑了谜一样的故事
岳阳、衡阳、上海，母亲、儿子、女儿
在中国这么大的夜晚，分隔这么远
还是没有把立冬分隔出来，我们
都会躬着身子，奋力抹平一些内心的意愿

（2021 年 11 月 7 日）

新年书

我一定是被过去穿越送达的，一定
我还没有准备好，没有刷牙、刮脸
在窄窄的试衣镜前，比画时间的松紧
没有把皱纹抻平，把灰发扼制在黑梦里
我与新年应该还有很长一段距离
顾虑，犹豫，望洋兴叹，包括体内的水分
甚至未被拧干的怀疑，那么多人平安恬静
唯有二三者相对无言，连自己打赏自己
也不能平息一朵花的芬芳，雪粒厌恶冰晶
我还没有为风做防漏，对于透明无地自容
谁把这截弹簧压紧的，怎能使我放弃回归
我肯定能走到父亲的坟前和一首诗的结尾
肯定能把病母床前的时光，尽量地缩短
然后立即夺门而出，快步奔赴昨天的约会
哦，新年，我是不情愿的
本想姗姗来迟，把未处理好的一一署名
却被强拉进了无底深渊，那个门槛我没跨
那段台阶我没锯断，自己已经首尾难顾
原谅我与你草草结合，又要用一年时光
弥补未完成的仪式，和未说出的爱恨

（2022 年元旦）

腊八节，翻遍自身

花生、红豆、赤豆、糯米、糖
如果有，还可以随便撒上内心的颗粒
大家共赴苦难，热烈与凉薄紧紧纠缠

以果实的形式坚守，四季凭稀释而恬淡
对于鼎沸，每个人都会说出渴盼
咕嘟咕嘟咕嘟，轮番上场者翻遍自身

风是稠的，雨是稠的，冰雪也是
时间含混不清
翻吧，再翻一次，还有东西没有找到

（2022 年 1 月 10 日）

堆雪人

扫拢所有洁白的细微日子
扫拢所有洁白的痛

我准备把你堆出来
从一地炫目，从极力遮遮掩掩

祖父是散的，外祖父是散的
父亲是散的，夭折的妹妹也是散的

如果说得彻底一点，时间也是散的
如果想得固执一点，天地仍然是散的

只能堆出喜和笑，堆不出痛和哭
黑炭和红色的藕煤灰，天生有喜剧成分

在洁白的事物上，手只能捏紧冷硬
那是泪的形状，最后任由自己流失自己

（2022 年 1 月 22 日）

说完这些话，春天才真正来临

一年最后的日子，接上一年最初的日子
在发完所有信息和微信，又忙碌了几天
总会想起还有两个电话没打，还有
那么两个人，必须聆听一下声音
重复几句毫无意义的话，只有毫无意义
那内心的空落才能填满，就像我站在坟前
对父亲说的那些话，让时光竟如此有意义
感谢那头爽朗的笑声，真诚或仓促的暖意
只有说完这些话，春天才真正来临
只有说完这些话，春风才算找回了家
如果你没有这样的时刻，只能说你很年轻
或者，你濒临死亡，不相信或者已经绝望
你不相信春风是空的，你不相信
已经消失的一切，早已在流水中等待
你没有全身幸福，阳光空落沉寂
你没有内心坦荡，让天空走遍全部土地
如果有一个人不接，一次两次三次
不接你的电话，你更得要感谢啊
感谢他不需要你的问候，更多的人需要他
感谢他让你懂得，明年这个时候
再不需要打他的电话，而春天真正来临

（2022 年 2 月 12 日）

汤　圆

天地和时间，全部的白，白的全部
都被滚吸了进来，爱滚吸着白而增生

汹汹的沸腾里，白像美人开始温软
被热渗透的白，与被谎言掩盖的甜一样

裹着五彩斑斓翻沉，白忍不住浮夸
玉的脸庞松弛下来，纯洁终于摒弃了敌视

相依相靠，我们坏到了一起
相融相亲，我们撕开了白的防线

在釜底，我们，据说就是孤独那条鱼
吐出一串串呼唤，凝脂的，有重量的句号

（2022 年 2 月 15 日）

宽　窄

闪电愈合伤口的薄荷味记忆
它短暂宽恕现在，并把困境放进未来

剑划不开黑夜，微微睁开眼
满世界都是阳光，迎面而来的人
早已虚化，融合并走过了自身

高楼争相窥视阴影，相同的命运
安放在黯淡下去的深渊里，风舞动时间
那是梦挤过栅栏，缓缓入睡的过程

一场宿醉使世界通过，没有爱恨交加
春天的花朵遗忘冬日的冰封，芳香都给了泪

（2022 年 3 月 7 日）

母亲的负罪感

右手偏瘫的母亲，坐在孙子旁边
她名字都不会写，更加弄不懂智能手机
但她能看懂砍杀、狂奔、鲜血和死亡
对于手指快速抖动而带来的快感
甚或兴奋地叫喊和埋怨，她愈加迷茫
迷茫得像她含混不清的语言
她的右手在暗中，仿佛在暗中抬起来
抬起时间失去的右边
最终，她无动于指
她见过最欢快的手指，在二胡的弦上
在笛子和唢呐的孔上，在针线的勾挑中
而这些事物，都没能存储在手指上
包括单手抓取最多鸡蛋时的轻盈与紧张
她看不明白，那些图像和文字
怎么隔了那么久，手指还能复制出来
而六岁丧母，跟随父亲四处漂泊的岁月
却只能存在脑海里，当然还有其他
她不停地用左手摩挲右手手指
甚至不停地用纸巾去擦拭它
她嘟嘟囔囔，我听清了
她说的是：我有罪，我有罪啊
我的手指不能存储自己想要的世界

（2022年4月10日）

母亲的右手偏瘫了

中风后，我看到她不停地走
晴天是在楼下，雨天就在客厅
她把屋里屋外当成敞开的田园和梦想
当成少年时离乡辞亲的路
她的右手，僵硬端持着，像之前
肘弯里挎着篮子，或者一捆稻草绳
她准备去把豇豆丝牵上棚架
顺便在中午临近时抱回一捆莴苣
但是，她的右手再也放不下
不能放下锄、扁担、粪勺和天气
甚至衣物、鞋子、针线与人间烟火
还有夭折的女儿慢慢僵硬的身体
她如此急匆匆地走，右手像操着一张弓
她是想用快步带动绷紧的弦
她还有很多愿望没有发射出去
没有钉在时间上扑哧作响
临到老了，却都放不下了
再怎么甩，也扔不开习惯
那臂弯里有多少回月亮啼哭
有多少星星沤烂在暗夜的淤泥里
是的，右边的世界已经全部定格了
定格在那环抱的姿势里

不能再拿起，又放下了

（2022 年 5 月 6 日）

辑一　岁月苍茫

中元节，在父亲坟前

使我感动的人越来越多
让我哭泣的人越来越少
这是一条条火舌
在这里伸展，在那里收缩
或者，在内心燎遍风
我有一座空城，你有一双望眼
要把时间都撕开，一张一张纸钱上面
包围圈没完成，中间还有一个气眼
任何人与尘世都在谈一场恋爱
最初是小心试探，最终浓烟滚滚
灰烬上的文字，应该是生命显影
它如此孤独，渐渐熔入火浪的叹息
最后的几缕烟，找到了各自的道路
空气中只有温度，就像事物都有终点

（2022年8月8日）

不让我们押的赌场

——2022 年中秋之月

一定有很多人这样想
云彩清漆的桌面上，那枚银币
哗哗旋转的声音，都流进了命运的背面
一定是这样想的，如果伸手可及
按在掌心的一定是明亮皎洁

一摊开手，清辉都属于别人
而自己的内心，却潮一般琢磨不透

谁开设了不让我们押的赌场
一代又一代人痴痴仰望

我们没有一搏的勇气

（2022 年 9 月 11 日）

终于完成了一生中的大事

我相信没有人完成过
要不，就是草草了结

只有母亲，完成了婴儿的第一声啼哭
只有将逝者，流完了最后一滴泪水

光明留下了影子，夜晚露出满天繁星

母亲在鼾声中，伸直了偏瘫的右手

（2022 年 12 月 21 日）

路一直在给天空写信

梨树，逼迫白成群结队

在交叉层叠的道路上
要么举着旗帜向上攀爬
要么扛着旗帜轰然冲泻

梨树，在春天里
逼迫白成群结队
成群结队升起帆

上面是春天，下面也是春天
四周还是春天

而梨树，逼迫白成群结队

在我的内心，也曾这样逼迫过春天

（2023 年 3 月）

辑
一
岁
月
苍
茫

大雪将至

凝固的气势，控制了所有场面
世界为此沉降，深渊改写死亡时间

我们等待一场覆盖，肯定不会错
只有被覆盖之后，一切都将统一质地

人们提前取回土地上的蔬果，包括失误
生活不能留下证据，越空落越丰富

无形之手扼住呼吸，一朵雪花就是一声求救
一旦预先宽恕，有什么不是一泻千里

没有想到是这样，大雪将至
我已把天地置换进内心，等待开始澄静

多么辽阔，多么虚无
一个苦难的人，一群苦难的人

（2024 年 1 月 20 日）

路一直在给天空写信

母亲不想让所有的东西悬吊

把挂着的布拖把斜靠在墙边
把抹布洗干净后平放案板
把悬吊的窗帘底端收拢，轻轻堆在窗台
甚至，还把射进来的阳光
也用一把椅子搁起，让它转折凝视的方向
偏瘫之后，母亲全靠左手用力
她感觉右边是悬吊的，被死亡悬吊
她不想让所有的东西悬吊
如果眼前的事物都是稳妥的
她就没有任何愧疚，和不安

（2024 年 3 月 6 日）

一把旧提琴

一个喑哑时代和一场旷世期待

雾中隐隐约约的庞大
冰层下即将睡去的流水
包括风中奋力反弹的火焰
成就了一个死去的国王和一座凄怨的深宫

夕阳这宽广的寒红
沿着七级战栗台阶
缓缓覆盖那些祭奠的霜灰

只是等待一个人
一朵花开成了春天的伤口
幽鸣是渐渐退缩的暗火

轰然坍塌是在
突然发现倡导者
放弃了最初的理想

（2024 年 7 月修改）

辑二　似乎到过

夏夜星空

其实那并不是密集的狼群
瞪着饥饿的眼睛
也许只要微笑一下
天空就到处都是窟窿
宇宙的风
泉一样汩汩流淌

（2007 年 7 月）

石鼓听涛

从子夜的风中升起
孤寂如奋张的飞檐
抵住满江闪闪的媚眼
就像沉默
固守在历史的风雨中
多远的水流就是多长的哑弦
孱弱的船边和幽暗的崖底
是涛声兀自激越的地方
发自内心的潮水早已走远
没有一点回音
明月是一口不可丈量的井
深渊从四面八方迫近
在这斑驳的庭院里
迫近的还有涌动的节奏
将要流泪时的张力
当如铁的背影
挣脱磁石一般的梦
谁能对凝固的风景说：我流动
谁能对迅疾的流水言：我在

（2007 年 9 月 9 日）

行走在纷飞的大雪中

行走在纷飞的大雪中
行走在内心
极端冷峻的撕裂里
天空忍住自己的泪水
就像少年时
突然明白了世界的真相
经受了一场无边无际的洗礼
无声无息地改变
一定有些事物在高处忧惧
而此刻的天空
所有的层面都是
沸腾的琐屑
我们仿佛长满了白色的霉
转瞬消失的是内心的呼喊
转瞬堆积的也是内心的呼喊
真相还没有开口
就被风掐住了喉咙
思想的倾泻
只允许连续叠加的认同
那些被踩痛的心灵
不断地发出吱吱咯咯的声音
行走在纷飞的大雪中

我们紧紧地捂住自己
就像捂着火热的孤独

（2007 年 11 月 15 日）

深圳街边的路灯

路灯们站在一起
和人们在一起没有区别
在互放的光辉里
照亮彼此
也照出彼此

一些事物在被揭开薄薄的面纱后
惨不忍睹
就像街边的路灯
锋芒四射溢彩流光
而自己的内心却是世界的灯底

所有的路灯
并不是在竭力释放光明
而是在收拢黑暗
（要知道这是有区别的）

夜色惨白如路灯
曙色也惨白如路灯
那是一个多么贴切的比喻
即将结束的事物
和即将诞生的事物

之间细微的区别
感觉正像这拂晓的路灯

所有的事物
都只被世界需要一段时间
我们都觉得
深圳街边的路灯是多么可爱

（2009 年）

在额尔济纳^①

在额尔济纳，在内心最后的孤城
胡杨将高原忧郁的西部尽量伸展
属于未来的天空，被烘烤得一片金黄
肃穆的秋天随风而降
戈壁铺展无尽块垒

辽远的歌声催动时间
马头琴环抱尖锐，不断填补内心的缝隙
庞大的迁徙使路迷茫
苍凉鼓舞连绵云系，你我都曾驻足
远方不需要具体方向
被裹藏的都是沉默
被埋没的均为惊雷

尖锐的长鞭，模仿梦的波涛
连片巨浪陷落，括住回首时的壮阔
酒，岁月那盛开的绿色耳朵
向风倾倒了归途中的秘密
嘶鸣倾听逝去草原抖动
并抚摸每一滴泪珠
掉落时的毕毕剥剥
仿佛千里之外有共同话语

梦涌动亘古思念

夜色如慈祥的呵护托起火焰

不时泄露隐约言辞

呼麦，呼麦

一种忧伤的不同表达方式

一种行走的不同姿态

一种怀念的无尽省略

广袤的海洋被约束

每一股潮水都在挣扎

最终的事物不需要喊出

（2010 年 10 月）

注：①额尔济纳，内蒙古高原最西端，土尔扈特人聚居地。

鸣沙山与道士谈

风沙天地阔
孤傲人生深

隔这么远，这辈子可能只此一次交谈
只有送你滚滚苍茫和一只瘦眼

够了，把身上多余的东西当沙砾一样抖落
让我自己带回吧，也埋掉我的一只眼睛

（2012 年 9 月 21 日）

路一直在给天空写信

鸣沙山·月牙泉（之一）

沙睡着时
泉已醒了很久
沙醒来时
泉已陷入了很久很久的沉睡

沙苍茫地存在
沙孤独地存在
沙温柔地存在
沙沉默地存在

风让我们惊讶地看到
每一粒沙都那么小心翼翼
每一粒沙其实就是一滴泪
每一粒沙的耳鬓厮磨
都包含着决绝的呜咽

沙和泉让我们不停地思考
是沙成就了泉
还是泉成就了沙
如果没有沙的浩瀚
泉是否还能这样醒目
如果没有泉的涌动

沙是否还有奔跑的勇气

在辽远而古老的风里
泉就真的成了一弯新月
她高悬而遍洒的清辉
抚慰着滚滚黄沙
和沙砾一样分崩离析
日渐焦灼的我们

（2012 年 9 月 21 日）

路一直在给天空 ✉ 写信

我用梅花的钉子钉碎冬天

浮云，漫天阴冷的油脂，随风叠涌
广袤的腹部失去生机
天空迅速逼近但无法冲破自身之孱弱
越来越多的叹息堆积在紧张溃决之前
庞大的移动止步于
光明慢慢向外渗透
血溅在洁白的思想上
一个宣告往往终结一个潮流，就像
一个隐喻轻巧地揭露一个时代
一个眼神不经意化解了一场危机
冬天没有失败，春天也没有成功
但是，那赤裸的尖锐
开始擦拭无边无际的灾难
那灾难都来自我们内心

（2014 年 1 月 9 日）

辑二　似乎到过

俄罗斯套娃

这些寒冷与温凉交替的年轮
带动北极的弧光与冰川游走
滑落于亚欧大陆宽大的肩部
俄罗斯兴奋的脸和高高翘起的胡须
被西伯利亚的寒流鼓荡
唯有贝加尔湖蔚蓝的忧伤
才能装饰高纬度的眸子
它们有着极夜一般的深邃
蕴含伏尔加高浓度的热烈
和冰面上三套车深深的辙痕
驯鹿舔舐内心的尖锐以及
红梅与马蹄在沼泽边缘渗出的芬芳
乌拉草从清晨生长进黄昏
在广袤的背景前笑容一般都会带上夸张
套上一层风再套上一层雨
套上托尔斯泰的丰富与契诃夫的幽默
面具各有各的不同
心灵也有着无数顶穹庐
鹰在嶙峋的高加索上空盘旋
那是辽阔与苍茫孕育的矿石
悲伤支起旋转的舞台

（2014 年 2 月 20 日）

那一年冬天露出了湖底

波涛远去，浅浅的浪花不停回头
一阵一阵，努力为泄密镶嵌层层花蕊

隔断很多，世界不是到处都可以行走
每个人都有领地，尘世似断似连

爱恨如水，心的面积实则很小
被水解开的封禁难得被阳光抚摸

船已沉没，随风而去的都是足迹
那颗湖螺更有耐心，坚信淹没会按时到来

我们以另一种方式遮掩，例如死亡和生活
潮水并没有消退，渴望为它打了一个结

人们自己，成了自己的孤岛
涌上来的都是遗憾，云彩俯瞰一切

（2015 年 12 月 26 日）

沙坡头谒王维雕像

踅进怀中，右手刚好抓到你握持的右手
狼毫如此坚硬，似乎滴落了全部的云烟
时间风化成粒粒黄沙，交接间一派苍茫

我跨过包兰线，游观小镇，来到你身边
你在梦里单车问边，穿越盛唐，旌旗鼓荡嘶鸣
从你的笔里，我拖不出大漠孤烟，长河落日

此刻，极目远眺，彼此都应该抛弃了成见
牵着一匹老马，或骑上一峰安详的骆驼
都能把世界的孤独，引渡到内心的荒芜

已经写尽了，后人的弥补是河西辽远的癣疾
骆驼刺，棘棘草，紧抱尘埃涌动昏黄的冥想
包括海市蜃楼，和阳光在绝望中抛洒的光环

多么久了，河流越来越瘦，如悬崖下一线恐慌
我要看你如何落笔，我们在大地上迂回曲折
始终不如沙漠坦荡赤诚，它是一滴金黄的墨

（2010 年旧作，2016 年修改）

带栅栏的月亮

如果你在遥望
应该能够看见
月亮前面有一副栅栏

如果你不认为那是十字架
几千年来，对于遥望的双方
月亮其实都背负着一具十字架
在风的门内呜咽

那就请理解为骨骼
被透视的骨骼
经过光明呈现后
就成了光明的阴影

被月亮穿越
或者它切割月亮
像梦挤过时间

（2017 年 10 月 6 日）

我们的内心都有两座湖泊

只有当巨石沉落
才能感受到这波涛
这幽深的晃荡
缓缓托着死亡的挣扎

对应两只眼睛
每个人内心都有两座湖泊
有些人，湖泊是相通的
不时有潮水调节人间的深浅

有些人，总有一座湖泊永远干枯
它被用来收集无法触摸的事物
孤独，在另外的空间拒绝混浊
该拥挤的继续拥挤，该腐朽的让它腐朽

只有一个人，他的两座湖泊是两座坟茔
在内心，他埋葬过自己无数回
每一次，他都感觉没有埋对位置

（2017 年 11 月 23 日）

雨夜灯光球场

喧哗如一声叹息
随时光无力垂落
雨水开始浸黑地面
并将更多黑暗推向角落
那里是海
静静地

寓言找到源头
灯光早已闪亮登场
它的炽焰长舌吻过
沉默起着鸡皮皱纹

琐屑纷飞
密集的小钉子
漂浮在暧昧里
那些锥心的事
不过如此

只有篮球架
昂起头向空旷张望
坚持等待纷乱的投击
也只有它确信自己在淌汗

为推挡看不见的沉重
那些巨大的惊慌
居然被自己悄悄揩抹掉

剩下逃避
与雨夜相连

（2018 年）

路一直在给天空写信

鸣沙山·月牙泉（之二）

风，收割了每一粒沙
并小心翼翼堆在新月的边缘
一粒沙其实就是一滴泪
它们耳鬓厮磨，决绝呜咽
以后仰的姿势勒住驼步
面对沙砂一样分崩离析
日渐焦灼的我们
沙决定把自己的泪挤压成泉

（2019 年 10 月 20 日）

烧　荒

另外一处荒地上轻烟开始冒头
社保局的大楼折弯夕阳
三面桂花树林接住光明
把菜地按进暖和的阴暗里
这样的晚秋，你仿佛在挖某种陷阱

吱吱声，像沸水上涨
像将逝者品咂卑微往事
一个人在饮泣
蒙难者被焚烤
所有留恋急剧溢出身体
这一湾幽静也会被点燃

庞大的逼迫越来越近
突然，你想逃离
你发现自己已成为引信
会在败退中引爆更大的失败

（2019 年 11 月）

夜宿白云寺读诗

更低的白云在虚无以下
冬夜围绕围墙的光，行走中呵出的热
钟磬早已歇息，雨拉直靬声
一朵白云坐在更大的白云里
风带动树抓挠，它什么也抓不到
但被抓挠的事物都有柔软的疼痛
突然撕裂又迅速弥合，或者永远分离
独立的字词都无所谓，如若是一首诗
庙顶就会撑起崔嵬的夜
那是空旷，无人聆听

（2019 年 11 月 18 日）

辑二　似乎到过

深谷垂钓

对岸的树木
终于扶起一堵倾倒的墙
阴影的建筑起来了
留给水面的明亮已不多
大约一竿距离，像生活与目标
我们在尘世垂钓
能看清虚浮的时间恐怕也不多
一片枯叶旋落
仿佛是从整个深秋游荡而出
小山塘托起一艘豪华客轮
山鸟在尺许枯枝上热议
黄鼠狼向斜坡窜去
小鲫鱼承受压迫，不停跳跃
全部阴暗浸溢到膝盖
最后扯起的一尾寒意
洁白得像绝望
慌乱无比，即使一群人
也会后悔进入太深
那些鱼，原本是给荒芜留守的

（2019 年 11 月 22 日）

104

山村夜晚

夜色朝着喇叭口吹，的确

有太多的黑要排出去

灯光开始拉网，一点一点沿着山麓

响指一样的荧光漂起伏

狗，担忧合围的严密

对一束闯入的车灯驱赶

一直赶到回声后面

但无人居住的房屋撕开了口子

星星游出生天

黑从更黑的地方漏网

并重新盈满山谷

只有老人和孩子在窗前走动

他们仿佛就住在山底

是灯光掏出宽敞而辉煌的大厅

专为黑暗起舞

他们正努力踩压住网底

坚持要捕捞不属于自己的秘密

白天，那就是被山脚踢出

一栋栋无所事事的房子

（2019 年 11 月 23 日）

山村早晨

老妇人挑着一担粪水
用的是长柄勺
薄雾中的朝阳
被勾挂着走了很远
右侧背书包的孙女
选择保持一队鸡鸭的距离
上幼儿园的小孙子被左手牵着
刚从梦中出来又走在梦中
他每一步都比奶奶的人生重
校车的短吻，轻轻往后缩了缩
音乐刮起一股旋风
一个村庄短暂集中在大坪里
那里烧过玩完后的稻草龙
放过灵柩，扎过戏台
经常为晒谷有争执
有人喝醉后曾经骂过光阴
很快，水泥路把校车甩远
大坪像含着早晨一样含着空落
老妇人俯身在溪边油菜地里
寒霜于膝盖以下找到底线

（2019 年 11 月 24 日）

楼顶看城市

都举着一张单子，最低处也是
天从来不看，对于欠债，即使伸到眼前也不看
它只看被刻意遮挡的部分

再好的成绩也是模仿，另类的顶撞
被高高低低搁挂，风得了强迫症
采取固控姿势劳动，一般有职业病

空地和道路也跃跃欲试，但还是放弃了
它们有先见之明，河流安然到达远方
轻飘飘的天空是有重量的，阴影就是

（2020 年 1 月 10 日）

三月十二日，去种一棵树

这个植树节肯定有人在植树
历史没有宣扬而很多事也会发生
时间自然记录事件
候鸟北徙，大江东去
我和你都有荷锄的意念
整个春天在引诱我们

树苗在引诱春天
走向更大的收获更大的失落
最后是更大的空旷和
辽阔高远的若无其事
繁花开始愧疚，悄悄让位于根系与新芽

应该愧疚的是我们
在囚居中看到荒漠走动
终于想起了去种一棵树
在内心里种一棵树
于毫无挂碍中枝繁叶茂
像春天的一场细雨，无声无息
把一片云抽剥得一干二净

（2020 年 3 月 12 日）

油菜花海

1

忽然间一片海
让我们如此自卑
我们终此一生
也不能完全打开自己
更无法遮住自身的怯懦
以一种坦荡的无视，展现自己
铺天盖地，无所畏惧
最后，用果实埋葬繁花

2

无法填满世间的失落
更大的空旷在嘲笑，必须收集火焰
和燃烧溢出的泪珠

风不停地驱赶迷茫
进入花海的人是偷渡者
都在绝望的呐喊里浮沉
自然而然隐藏了卑微

只有佛敢站在洪流边
看欲望坦坦荡荡，一直倾泻
沟坎，灵光闪现的偈语，象征性区别内心
谦卑慢悠悠燃烧，流淌遍地阳光

无可否认的是
潮水迎面而来，席卷梦想而去
我们不是黄金海岸

（2020 年 3 月 16 日）

路一直在给天空写信

夜眺楼群

踞在高岸，灯火满眼迷离
俯瞰这五彩斑斓的海洋
像人们举着自己的理念
围观一个突发事件
黑夜总是令人捉摸不定

高大的事物挂满勋章
不需要挪动一步
光芒自然达到远方
每天晚上都是这样
人们对不变的荣耀无动于衷
像妻子，她早已忘记了欢呼雀跃
只对缺陷指指点点

生活之神都坐在千佛洞内
日常细节使每一扇窗都变幻莫测
如同抛开经书时，内心灵光闪现
那些没有开灯的房子，开始变脸
它用局部面瘫，成就了夸张的微笑

风碰壁后，悄悄绕开了辉煌

辑二　似乎到过

（2020 年 4 月 14 日）

深山水泥路

飞白接续时间，风在绿色的濡染中频频提示
思想泛滥的水底，一线光芒摇曳谜团

春天占住两旁，留一条暗河带走百无聊赖
幽篁准备于上方握手，它的每一节都贮满孤独

乌云总是想遮盖闪电，内心往往有最深的沟壑
什么也分割不了世界，每个人都带着弥合行走

蛇有最大的贪欲，它想静静叼走整个远方
你回头的时候，忽然忘记了为什么扭曲

（2020 年 6 月 11 日）

路一直在给天空　写信

112

因为我们离天很近

在格尔木，远处的雪峰阻挡内心
时间纯净而荒芜，冰清玉洁陷入迷乱
星月跌落梦境，它们都守在自身的坑里生长

和一个高僧在尼玛经堆边烤火
火对我们的慰藉，像高僧对我的慰藉
在这么高的高度，肯陪着你，作为一个人
他就像山峰不知不觉蹲在山脉上
我也不知不觉上到了高原，如空气中的氧
为什么有些高僧死后会出现虹化
是风云藏于骨骼的色彩，抑或未来译出的文字

因为我们离天很近，天空就是身体的一部分
而你们从低矮的尘世来，总以为自己站在巅峰
我们的所思所想，容易被天堂聆听并铭记
天堂丝毫不吝啬想象力，对于近邻的生死

十年前，我的西藏之行停步在格尔木
前方的冰峰并没有区别，自然前路也没有区别
我们的人生中缺乏一座高原，偶然达到
其实也就是贸然达到，谁能轻而易举准备好

（2020 年 8 月 19 日）

相公堡①

此刻，马蹄溅射的泪珠，在紫蓼的碎花上斑驳
羽扇挥出孱弱的末水，被风挂上惆怅的飞檐
一条河流漫过时间，内心的潮水已经走远

没有阳光，阴暗的屋宇内，没有金线浮递漂木
尘埃无法泛起历史的氤氲，所有叹息沉落
只有青砖灰缝洁白醒目，兀自勾勒叠加的厚重

无奈苔藓侵占记忆，它为乡愁擎起残荷
听过太多的雨，它们都洗过祠庙和大地
在琉璃瓦沟里，似乎模拟过心中的倾泻

只有诗文没有背影，唱腔和脸谱勾画酒的醉态
在风云中埋葬过种子，和种子里缠绕的根系
人可以跨越近两千年对视，再对我们会心一笑

唯独荒芜是盛大的，累累白骨呼应字字珠玑
道路上跑过惊雷，惊雷又掏空了空旷
剩下泪流满面，朦胧中举起堡垒四角翘起的冠冕

仿佛无处归来，仿佛到处又是故乡
抚摸过山河的人，都掩埋过痛楚

在明月的旋削中，在涛声的辗转反侧里

（2020 年 11 月）

注：①相公堡，现衡阳市衡南县相市，诗人洛夫故里，相传诸葛亮在相市有政事。此诗为洛夫逝世两周年后，"蓝墨水"诗群举办诗赛而作。

伊犁杏花

她应该不只在四月等我
她等着我，忘记了是在四月

忘记了已经燃烧了一半
还有一半已经被自己熄灭

远远地，她在喊，你让开，让开
我就要滚落下来，我怕引燃了你

她愿意与我交换位置
她也不远千里而来，只不过一直燃烧着

山麓草很青，山顶雪依然很白
而我无法燃烧，我没有这么多灰烬

（2021 年 5 月 9 日）

一只留下来的白鹤

谁说必须飞回去，然后又飞来
有了归宿，我就留下来，单独留下来

它们飞回去了，将多看一次沿途的风景
看了又怎么样，还是沿途的风景

只要有印象就可以了，很多人都忽略来时的路
眼前的一切，我不需要线路

几亩菱塘，若干茭白叶摇摆，些许鱼虾游弋
沙漠看不到，草原看不到，可能长空也看不到

一个女人远嫁天涯，她一生回去过几次
一个懦夫逃避尘世，在自己的王国里又是英雄

一生要有两个住熟了、住惯了的地方
要把它住得忘乎所以，忘记了还有另一个地方

节省下来的时间，我提炼自己的白

（2021 年 7 月 27 日）

117

一个经常坐飞机的人

凌驾于风，白日梦盛满一盆泡沫

经常偷换概念，爱恨没有土壤

在天上，大地死了又生
在地上，天空存了又亡

谁有那么大一双手
把施压的蔚蓝撑住

这嘲笑让所有人心慌
这心慌如泡沫，被未来的翻卷揩拭

（2021 年 10 月 13 日）

路一直在给天空✉写信

118

大雪纷飞，去看一场电影

北风，仿佛时代那束光，带动屑末纷飞
从多远处照射过来，凝聚的魂魄早已消散

满地都是荧幕，栋宇争着举高内心
树木做了奸细，山坡一侧能看到痕迹

几千年的准备，半辈子的期待
地老天荒，多么恐惧，无人按下开演键

只不过是想去迷茫混乱中走一遭
只不过是预演无人到场的空旷

我和你，互相看对方演出
足印，把一条路度化出现实

在高处操控一切的人
悄然摘下了镜头

（2021 年 12 月 28 日）

119

魔鬼之眼

——致青海茫崖艾肯泉

故此，我瞪着一只充血的眼睛
对宇宙和人类，看久了必定是这般焦急

谁的眼睛是翻腾的，风暴之核心
请不要让我带动人世间的波涛

有云彩和夕阳就够了，另外一只眼睛
遥遥相对，它有更大的关注和警惕

有雨线般的沙滩，有黑色的深潭
那还不够，要有内心的流光溢彩

愤怒睥睨桀骜不驯，相信你会这么认为
含硫的时间，是天荒地老中一座孤岛

（2022 年 6 月 12 日）

我喜欢在出租过的房子里坐一坐

当然是间隔期，上一个承租者
已经退出，下一个，还没有到来
我坐在两个陌生人中间
或者说是已知和未知之间

只有这个时候，我的房子才和我最亲
把自己的孩子送出去后，他又回来了
也许，他一直没有离开
我感觉他在拼命呼吸我的特征
以便下一次，能感觉到我的到来

我相信他和陌生人在一起，是在蛰伏
像病毒快速变异，但依然有毒
茫茫人海，他始终记得那双眼睛
如此安详和平静，没有半点怀疑
他感觉得到我身上更毒的元素

但是，只要是我进去，并且坐下来
他就向我挤拢，并且努力把我包围

（2022 年 10 月 3 日）

121

只有雪花旁若无人

如果你在历史中哭泣过
你一定会去留意那扇虚掩的门
和它遮蔽，或敞开的沉默

黑暗中的琐屑才是琐屑

只有雪花旁若无人
它有苦痛，都结成了晶
它饱含沉重，却无比轻盈

天空撕碎了自己，漫无目的
撕碎了自己的天空，漫无目的

其实，是天空旁若无人

其实，是大地旁若无人

（2022 年 11 月 29 日）

路一直在给天空 写信

122

我将在落日之前抵达故乡

在拉扯，白云避重就轻
它的回答和没回答一样，你确认要去故乡
一点直截了当，散作满天晚霞

生活中难得有片刻诗意，我需要马上记下
句子有如草丛中的蛇，即刻无影无踪
有毒或者无害，这些思考，被炊烟捆扎
敬献在父亲幽深的绝望中

铜钱草叶上，正中间是时间的白芯
仿佛月亮留着一点尾巴，它将要漏进泪水中
（毒或者是证人到达现场
或者是证据送达法庭）

我将在落日前抵达故乡，我确信这是审判
余响中影影绰绰，但是没有星星早早升起

（2023 年 8 月 17 日）

日托寺

湖水想交谈，它有蔚蓝的苦涩
白云想交谈，它惯于移形换影
雪山想交谈，它忘记了披着惨白的遗憾

只有风是真诚的，它围着螺蛳状的孤独吹
它把一个人吹进了螺蛳的小小尖角
再往里面吹，就只有苍鹰和落日

而尘世留下一条路
而经声剪不断这根脐带

波涛汹涌，时光黯淡，袈裟拖动晚霞

（2023 年 8 月 20 日）

路一直在给天空 ✉ 写信

124

风力发电机

这些地方有大风，世界有对错
暗流涌动，总有坦荡者疏朗面对

一个人如果站在风口
一般不会呐喊，风会把声势送得更远
或者也会沉思，风吹得人想离开地面
当然还会流泪，只有发电机不会
它能腾空自己

这么多年四处奔波，觉得自己就像风
可惜没有一台发电机，把我吸进去
在反面再推出来，像一个典型那么有力
对此，我很羡慕风

也羡慕发电机，能独挡虚无和凛冽
如果没有动机，它就静静竖起手指
压住风的嘴唇，天荒地老
不过是一个透明的孩子，能瞒住什么呢

所有的风口，都是光明的证词
一个人胸中有风，一定能抓住黑暗
并随时随地搓燃它

（2023 年 10 月 17 日）

雪花去往桃花的路上

雪花，从芹菜叶上跳下来
迅速跌入冰冷的水塘中，然后
它潜向我和父亲的手指

它在血管里游动，张开了身上的刺
无数根针，在扎描鲜红的潮
手指上，雪花卷裹一阵阵残英

雪花其实是蕊，血液凝在严冬的外沿
那是桃花最鲜艳的瓣尖，在水中抖动仿佛
旗帜在硝烟中，在向前赴死的坚定的目光中
雪花最终都是在历史的身体上走向桃花

几个月后，我手上的冻疮消失了
时隔多年，我仍然没有拔出身体里的雪花
血液一样的桃花，我拔不出

父亲也没有拔出来，那些雪花
到达父亲的颅腔，含苞的桃花突然绽开
把雪花的来路都炸断了

父亲的颅内开满桃花

路一直在给天空写信

父亲用尽了力气，把它们喷在雪白的墙上

雪花去往桃花的路上
吸干净了时间的温暖

（2023 年 12 月 26 日）

雪落在

雪落在黑发上，是白的
雪落在白发上，雪也是白的

雪落在沸酒里，雪是彻骨的冰凉
如果落在红晕里，谁怎么反问梅花

据说是砍破了东风，东风成了花瓣
据说是撕破了花瓣，世间的尘土没有加厚

琐碎的事铺天盖地，家国的事堆积如山
被掩埋的其实是天空，寓言的倒影

从此要放低重心，从此要细数心事
落吧，飘吧，只有时间是你的洼地

寒冷要做一场大梦，春天才会降临

（2024 年 2 月 19 日）

路一直在给天空 ✉ 写信

大雪的凌晨

深夜两点，醒来；凌晨四点，再次醒来
因为大雪，白逼退了黑暗

白也催醒了睡眠，谁说雪落山河静
没有被雪喊起的人，都不是诗人

因为句子是雪花，因为雪花在喊疼痛
必须快速记下，灵光如体温容易流逝

道路上，更早的车辙切割出黑暗
一个浑身是雪的人，推动如山的呼吸

而时间只不过是记下了一个人的呓语
被传诵千年的句子，如这凌晨的大雪

更重要的是，要按时到达三十公里外投标
竟使我两次醒来，而大雪竟两次提醒

记下了大雪，也记下了句子
我不会迟误，雪的白光逼退了生活

好诗是生活的雪，大雪是生活的诗

都在凌晨的时刻，如果你未曾醒来

（2024 年 1 月 22 日凌晨）

路一直在给天空

写信

冰雪中的春天

这是一个多么大的题目啊
有祖国这么大，有漫天的雪花这么大

我只想掀开冰挂的水晶帘
进入每一株树、每一片草地、每一朵花
和每一户炊烟袅袅的人家
我想窥探表情僵硬而内心热烈的尘世

我要告诉孩子们，不要去敲打竹木
不要听冬天悪然掉落的痛楚
不要让枝叶猛然弹回雾一样的时代
也不要去踩地上的片片薄冰
这个时候，春天最容易骨折

我要告诉远行的人们
你的焦虑，正是春天的焦虑
溜滑的道路，你要伸展四肢
把自己的喜悦降低重心，再降低重心
因为，远方还远着呢

最多，你折断一根冰凌，把它含在嘴里
融化一颗冷却的心是多么难啊

最好，任由冰凌滴落，慢慢地
一滴一滴，春天就这样细水长流

（2024 年 2 月 4 日）

路一直在给天空 ✉ 写信

辑三 爱恨交织

丽娜抹去了世界的一个直角

我没有预料到
丽娜会在拐弯处出现
拐着弯出现
丽娜拐弯的时候
仿佛抹去了世界的一个直角
为了这优雅的一抹
丽娜
我很久没有这么会心地笑过

（2010 年）

补鞋匠掌握着爱情的法则

一双手都是裂纹
嵌满生活的黑
像瓷似裂未裂的痕
表面的粗糙与破裂没有关系
用手整日穿针引线
难免要留下记忆
比如女人偶尔的微笑
更多的是看似剜心的讥讽
裂缝可以补起来
如果不丢掉

一边嘟囔着包最重要的是拉链
一边在拉链的一端
将那个逃离的齿顶入金属槽
然后试探地往回推了几下
原来的默契还在，猛地一拉
很多无助的小蚂蚁
又重新死死咬住了对方
一条闪亮的脊椎挺起了坍塌的内心
再多的补丁也没关系
那还是一个包

（2011 年）

这些年

这些年，这些年
我仿佛从大雪中归来
驮着一身沉重的轻松

我发现自己的身体还是老样子
仍然知冷知热
夏天仍然要打赤膊
冬天还是要穿毛衣
没有任何一个部位像女人的肚皮
进化得如此之快

我的近视眼越来越近视
这使我从来不敢凝视远方
尽管那样可以掩饰自己
但我更害怕的是闭目时
凝视内心的沟沟壑壑
我发现它竟如此的透彻

我未曾遗憾的是
没有指着自己的相片
对素不相识的人说
那是我的管家

我举过手
但发觉那只手
其实长在世界的身体上

还是经常与年老的母亲通电话
偶尔也在梦里打给泥土里的父亲
他们一接电话就直呼我的名字
就像没有第二个人会给他们打电话
很多的电话都忘记了，这些电话
却使我听到了时间的香味

时常想起遥远的那条小河
想起我和谁在中游坐过的礁石
想它春涨时的压抑
秋落时的渴望
我不能肯定还有谁在上面坐过
但我可以肯定的是
假若那条河曾发生过泥石流
它肯定不是那汹涌中
裹挟的致命的力量

我的字写得越来越好
但确实没有再写过一封信
我不知道二者之间有没有关系
谁说过天空是一个巨大的信封
我往里面装些什么呢

这些年，这些年
我开着一辆手扶拖拉机
穿过城市和人群
满面羞惭
渐渐靠近幸福

（2011 年 12 月）

路一直在给天空 ✉ 写信

想起了洪善伟和聂青①

想起了洪善伟
想起了他送给我的笔记本
在石鼓笔会上他送给了很多人
很多人已经不写诗
很多人活在对诗的怀念里
十多年了
我没有在上面写下一个字
只是每年拿出来擦拭一次
擦拭时间蒙上的阴影
拍去内心夹杂的灰尘
他印在扉页上的头像章
仍然带着诗歌的灿烂微笑
仿佛和我一起翻阅岁月空白的页码

想起了聂青
想起了他的沉默
和频频为我倾倒酒及其中的火焰
他走得并不远
在上班的路上就扑进诗歌的怀里
在藏经殿大家为他举办了一场风的舞会
而我接到一个尘世的电话
没有为他点亮一盏灯

在我的博客里他仍然是好友
偶尔我也走进他的空间
这种鲜活的感觉使我惊悚
不忍下手删除
一个活在诗歌里的灵魂

想起了洪善伟
想起了聂青
想起了两颗诗的心
如此平凡的存在
想起又少了两颗诗的心
如此平凡的消失
他们活着时爱着诗
死后还能被诗爱着
这是多么幸福的事情
但是经常是这样
生前的苦难自己都能体会
死后的幸福全靠能理解苦难的人
就像一片雪花落在积雪上
冰的光芒雪花已无法感知
但流水可以讲给它听

（2013 年 12 月 21 日）

注：①洪善伟、聂青，衡阳人，均已病故，他们都
曾写诗，热爱诗歌。

沉落的轨迹带动世界一阵激灵

——2014 年的情人节

今夜，优雅的弧线说话

那些鲜艳的盾牌

一层又一层裹挟

阵中的躁动

红唇轻启

于绿萼的基座上围坐

等待吹奏布满箫孔的眼神

高领掩映了参差的风

都在时间之外寻找渴望

一滴泪沿芳香的褶皱滑落

只有月光才能窥见内心蜷曲的珍珠

达到收罗一切的陷阱

就像只有一粒冰雹

才能经历炽热

达到沸腾的水底

它沉落的轨迹带动世界一阵激灵

花瓣已开始脱离脊椎

淹没潺潺而过

（2014 年 2 月 14 日改定）

雨中的怀念

都明白坍塌已经开始
天空越来越近
乌云从内心浮出庞大
巨石一般的压迫汹涌
绝望倾倒银币
暗中的诱惑潺潺作响
历史被挟裹向前时
通常疼痛也是这样炸裂
我们撑着一把伞，可惜不是油纸
在这宽广的深邃里
听不到内心的召唤
只有满地蝴蝶绕飞
翅膀透明而短暂，就像双眸
瞬间的挣扎无法挽回
失望春意阑珊
在这个小小的天坑下
你我都在寻找秘密
它被洪流带来
仍然回到洪流中去
最残酷的恰恰是春天
相同的结果
往往要诗歌来修饰原因

（2014 年 3 月 14 日）

时间都去哪里了

满天星子，繁密漏洞
蓝黑的寂寞升起夜的底座
风在四周泛滥
流失无声无息无边无际
生命中的疼痛无法捕捉
谁能挖出自己的一口井
将自己藏在与世隔绝中
其实一开始就同步
生是死的流逝，死是生的封存
谁在喟叹谁在痛哭谁在长啸
时间无比冷静
残酷解剖宽广幽暗
瞬间所有门次第打开
洁白锋芒旋刮每一丝缝隙
彻骨冰寒在眼眶轻轻游荡
如此之急迫如此之险峻
该起身了，宇宙涟漪盈盈
披着粼粼波光，你说
我们随时间一起流动
爱去了哪里时间就去了哪里
无比荣耀无可奈何
唯有冥想超越一切

鱼尾伸出透明的翼

（2014 年 4 月 1 日）

路一直在给天空写信

这一天

——端午节献给屈原

一看到纷沓的人群
你就侧过身去
肃毅恍如艾香
缓缓充盈整个庭院
忧虑的眼神摩挲天井
视角朝向内心时都在收缩
而向宇宙询问则无限广阔
阳光从两千年前抵达
湮漫碑文开始抓挠
沉暗的虚静

没有人沿着河流而来
顺着河流而去
谁想过用祠庙加冕
埋在水里已经无处不在
河流为什么要戴上帽子
风依然吹动衣袂
绝望渡过的只能是绝唱

雨总是席卷空荡与喧嚣
搁在江流上的影子

无法支撑人间庞大的倾斜
旧时涛声夹杂浮光跃金
有水的地方难寻寂寞

（2014 年 6 月 20 日）

路一直在给天空写信

七 夕

这翅膀连成的桥
就我们两人走
人们都在黑暗中
看最亮的星星

最亮的星星
最远的光明
点燃最深的寂寞
大家都在利用一个悲剧
轻轻把故事说给自己听

说给自己听
满河汉都是涛声
水花溅湿飘飘衣袂
我们一路呼喊
隔着一年的光阴

隔着一年光阴
带着一身风尘
却是满怀犹豫
停在热烈拥抱之前
只要彼此感受到了灼热

147

金风玉露不需要相逢

不需要相逢
掉转头又是前行
在生中死
在死中生
前路是苍茫
身后是微茫
闹剧只不过是一夜

这是我们的一夜
悲喜交集万众瞩目
谁也没想插上翅膀
那是最亮的星星

（2015 年 9 月 5 日，献给妻子）

路一直在给天空 写信

镜

盈盈一口古井
养着你最初的容颜
微笑是那花黄
在一掬明月内荡漾

你说它很浅
一柄象牙梳的厚度
水在那齿间吟哦
你说它很深
丢下一个沉重的影子
听不见一点回声

我想去探寻
却进入水中央
没有一座孤岛
四周都是苍茫
彷徨足迹
成了艘艘沉船

你说，你走吧
尽管没有波涛
那潜藏的潮水

却在内心冲撞
如果绷不住
谁都会满脸伤痕
平静
只是假象

但是
我会镀上一层水银般的记忆
不在背后
泄露一丝忧伤
谁知道
蓄住的是一座海洋

或许
或许我会举着它晃动
欲穿的望眼
反射出片片阳光
刚好，刚好
照在你远航的帆上
那是心中炫目的燃烧

（2015 年 9 月）

歌　手

歌手在揉搓
慵懒的气息
随滔天声浪漂洗
夜晚浮着一层油腻

歌手在揉搓
整个世界被蹂躏
歌手把自己搓进
一截密封的黑暗
寓言，冒出点点金星
那是所有人的寂寞

歌手在揉搓
风披上皇帝的新衣
内心在扭动
内心肆无忌惮
在众目睽睽之下
掩耳盗铃

歌手在揉搓
他（她）把四肢
把黝黑的牙齿

洁白的嘴唇
放在每一个音符上
放在每一声失落上
只有影子无处安放
重重落在空旷里

歌手在揉搓
搓着，搓着
他（她）把自己搓没了
众人看见
空空的自己

（2015 年 11 月 10 日）

制 瓷

圆似月魂堕，轻如云魄起。

——晚唐·皮日休

旋涡
另外一个喉咙
梦想越旋越薄
只剩下一团朦胧
花朵想象
喧闹地盛开

月亮开始醒来
泥土还没有睁开眼睛

云的衣裳缥缈
轻轻在吃语上抻展
它穿着隐约的渴望
接受幻指抚摸
谜一点一点解开

风饱含坚毅的泪水
于纠缠中渐渐凝结
内心收藏痛苦

并喊出最绝望的幸福

云缓缓站立起来
冰肌玉骨袅袅婷婷
但它隐去面目
剩下灵魂在紧束中提升
重重相思抱着孤独的骨骼

终于把一切交给了火
五颜六色的旗帜热烈招魂
前世与今生决裂
前世与今生融合
伤痕，都在醒目的绚烂之下
那是月亮替云说出的话
也是云替月亮守住的秘密

最后，只剩下沉默
多冷的爱，多热的恨
都交给时间的光芒

（2015 年 11 月 18 日）

154

相　片

你当初
凝望的不是我
我那时
注视的也不是你
此刻，我们
装在一幅画里
交换到了彼此的眼前
那是最美的你我

你在端详我
我在打量你
互相都在感叹
原来等的就是你呀

你看我时
觉得我在对你笑
我看你时
觉得你也在对我笑
我们都微笑着对视
那画里的姿势
都是为对方摆的

辑三　爱恨交织

155

都是为对方摆的
很多年前就摆好了
仿佛我们早有预谋
前世的心悸捕捉了那一瞬间

仿佛你走了进来
补上了空缺的憧憬
仿佛我走了进去
镶好了渴盼的浪漫
仿佛我们都从画里走出
就站在自己的身边
傻傻微笑

有一天
我们习惯了平淡
相对无言
忘记了要给彼此一个微笑
甚至讲话都不带表情
在沉闷中偶尔抬头
不经意看见了墙上的你我
一股甜蜜涌上心头
内心的苦涩突然溃决
于是任性地盯住对方
一定要在那日渐浑黄的雨帘里
寻到当初的微笑
找回挂在身外的自我

而那枚月亮却掉入井里

捞上的是细碎的浪花
于是我们跌坐在窄窄的井沿
唱起过去的歌谣
微风中双肩轻靠
突然平静恢复了真相
原来微笑还在那里
那纯洁的光辉
早已沉落心底

终于
我们相拥释怀
微笑升腾阵阵云烟
火焰开始焚烧多余的事物
那些灰烬散落旁边
生活的彩色回归黑白
最后只剩下了微笑
在那相框里
彼此再也不能凝视
但仍然坚信
彼此微笑着站在身旁

（2015 年 12 月）

辑三 爱恨交织

从一千年前开始爱你

一低眉你就是前世
再抬头我已消失
阳光删去了背影
睡眠中发生的一切
请你不要回忆
我要从一千年前开始
开始向今天跋涉
真真实实走到你面前
一千级台阶啊
四千个春夏秋冬
时间垂展一把折尺
我们从遥远的地方同时攀登
走一步是杨柳依依啊
迈一级是蒹葭苍苍
多少雨水夹着星月
撒下渴盼的种子
多少风雪捎带寂寞
落在发际头肩
开了多少次
败了多少回
枯荣都向着山巅
一节苦难成就一节幸福

百年共上兰舟

五百年回眸一笑

太阳的绣球

终于披在我们之间

在高高的人字坡顶

你说，你已经醒来

霞光万道

我们都不愿睁开眼睛

一千年啊

仅凭呼吸

就知道是你

那是我们最初

在佛前闻到的馨香

（2016 年 1 月 3 日）

辑三 爱恨交织

水　母

已经接受了无边梦幻
也就接受了无边苦涩
整座天宇
任我浮沉

撒播了这么多种子
开出这么多花
从无底幽暗接近光明
一寸一寸地跃起
一寸一寸地跌落

但我始终
张开那把伞
张开心中的渴望
护住那条透明
并且旋转的裙子

在这无边涌动里
我有着寂寞的挣扎
和美丽

（2016 年 1 月 5 日）

请原谅那个倔强的人

请原谅那个倔强的人
他的高额如陡岸
踞在孤傲的静谧之上
阴影压倒阳光
两孔湖泊陷落
在浅近的表层
波浪捋直条条沙线
那是悄悄扩散的年轮
而那两颗相对的星子
释放阵阵飓风
搅起时间的尘埃
边缘却沉淀着一泓清泉
使所有人慌乱
下方岬角高耸
月光沿着坝脊流淌
两边礁石挺立
爬满缕缕根系
四周草木葳蕤
藏着寂寞的跫音
和振动的翅膀
如果要寻觅它的入口
那恰恰是荒远

使人环顾茫然
如果在它的水流上撒满花瓣
却会跟着暗流
走进万紫千红的春天
和人们相反
他没有选择这些
去测量世界的深度
请原谅那个倔强的人
他选择的恰恰是转身
并与世界告别
他站在那里
他就是水落之后的真相

（2016 年 1 月 9 日）

路一直在给天空 写信

两　次

第一次是沉默
第二次还是沉默
但是，你知道
每次沉默都不同
爱的沉默就没有一次相同
早春的冰湖
表面还没有解冻
但是，已听到一次细微的颤抖

第一次是一枝玫瑰
第二次还是一枝玫瑰
但是，你知道
每次玫瑰都不同
爱的玫瑰没有一次相同
弥漫的清香
你不一定要完全陶醉
一枚刺已钉进心里
无数枚刺已经不想拔出
那是喜悦的种子

第一次是一吻
第二次还是一吻

但是，你知道
每次一吻都不同
爱的一吻没有一次相同
芸芸众生擦肩而过
猛然发现自己的磁性胎记
另一半在你身上
如此自然吸合
光明的门锁啪地打开

第一次是一生
第二次还是一生
但是，你知道
每一生都不同
一生是现世
一生是来世
现世没有陪你去的地方
来世一定陪你走遍
来世不想去的地方
这世陪你彻底遗忘
每一滴泪水，每一点遗憾
每一声叹息，每一片幽暗

（2016 年 1 月 16 日）

长夜与一本中篇小说选刊

开局常常混沌
暗合夜的无边无际与暧昧
卑微拖动一袭长裙
褶皱开始呼吸

风捕捉到时间的抖动
一个人登场往往
顶着雨雾一般的光晕
人们向内心走去时
都有滑向深渊时的
惊慌和无奈

笼罩如尘埃一样盛大
压抑演绎渴望
幽静是燥热的外壳
谁都想在暗中抓一把
不属于自己的寂寞
空虚缓缓蓄满月光

并有着怜悯流不动的滞塞
跟往事握手
等于向未来放风筝

到处都是孱弱的纠缠
爱开始丈量尺寸
当比画到自己时
意味着寓言准备绽放
可以随意揉捏的花朵
那是幸福细密的牙齿
向着茫然咬啮

根系在散步
只有一条道路通向馨香
慰藉打开闸门
蛩音如流萤
边飞边点燃哀伤
每个人都会跟自己告别
有些人执意化蝶
有些人一头扎向深渊
疼痛如笋尖
悄悄顶起现实的雪壤

更多的是死亡
是死亡甩开的熹微之鞭
抽打踟蹰追赶的反应
尽管很慢
像苏醒一样慢
光明还是透过薄翼
释放出汪洋一般的虚白
所有文字在被埋葬之后
终于获得新生

那是夜的隐私

（2017 年 10 月 11 日）

辑三　爱恨交织

没有父亲的父亲节

父亲在时，没有父亲节
无法为打破沉闷找到一个契机
中国人，父子之间都是沉默的
儿女开始上幼儿园后
每年都献给我一张画
太阳、鲜花以及夸张的形状
在他们幼小的心灵中
很早就有了父亲
今天早晨，儿子祝我节日快乐
女儿发来一个微信
一个小孩儿蹦呀蹦
我年年都找到了父亲的感觉
可是我没有了父亲
我没有对父亲说过爱和感恩
没有为他写过一个字画过一幅画
是的，无数代人都是这样过来的
怎么突然就有了父亲节
我要去质问谁

（2019 年 6 月 16 日）

从明天开始

从明天开始
相信时间
相信一切都由它颁奖
所有沉默都将获得荣光
而曾经的虚华必定凋零

从明天开始
相信人民
相信他们会终结自卑与怯懦
坚定举起内心的旗帜
在平静中谈论生活、他人与远方

从明天开始
相信爱情
相信它的光芒熠熠生辉
朗照现实,忍受交易和背叛
为自由铺上退潮之后的床

从明天开始
相信自己
相信世界一样相信自己
在土壤里能找到微尘

在洪流中能发现水滴

从明天开始
相信生活
相信生活带来的一切
生存的蚊子，梦中的畅想
翻过身就是半睡半醒的黎明

（2019 年 10 月 7 日）

路一直在给天空写信

村里哑巴死了

他有大名
入学时恭恭敬敬写过
办身份证时填过
人们都叫他哑巴

八岁时哑巴停学
父母认为，一个人对世界不能发声
他就没有必要参与世界
而老师无法检验他的成效
那时，世界还不依赖触摸
于是，哑巴天天去学校偷书
他喜欢同学们在后面追
直到有一天，一个最好的玩伴
当着他的面把书撕成白菊花

只有一个老人坚持叫他的名字
老人说，对一块石头我们还叫石头
哑巴跟老人最亲，胜过父母
他长大后当泥工攒买烟钱
有三分之一的烟敬给了老人
他喜欢老人称他的姓名
他看到了喉咙里盛开的莲花

曾经有人给他做媒
还是一个哑巴
他盯着女哑巴看，然后递过纸笔
女人既不摇头也不点头
他操起一根扁担，把媒人追过一座山
在内心里，他是要喊自己的女人的
尽管我们有时用喂或哎，甚至不叫
但我们在内心经常喊爱人的名字

哑巴在清晨死了
他坐在屋檐下，对着朝阳
突然哦了一声，终于哦了一声
然后满脸微笑，倒在深秋的阳光里
人生第一次，也是最后一次
他爱上了太阳
像爱上自己的名字

（2019 年 11 月 24 日）

路一直在给天空写信

病毒和死亡没有爱疼痛

——致 2020 年情人节

今夜，大家都看星星
人们并不惧怕
光芒随心所欲传播
只有光芒不带病毒
而且没有分内和分外
一个节日失去喧嚣
黑暗在呼吸后面暗送秋波
寓言，似乎也戴上了口罩
要感谢对死亡的恐惧
让肺关上了暧昧的门
多好，它在沉静中谛听
时间海水一般涌动
病毒和死亡没有爱疼痛
没有爱那么难以消除

（2020 年 2 月 14 日）

辑三　爱恨交织

173

种一棵树（组诗）

1

种一棵树在窗外
它把我逼进了屋子
它从一开始就逼视着我
不过，最初却没人相信
像孩子，逼迫我们躲进自身
最后，代替我们

2

种一棵树在原野
埋下死去的欲望
他人的阳光遮蔽自己的躯干
自己的阴影为根系挖了一个出口
那其实是另外一种呼吸方式
我们常常不能捕捉

3

种一棵树在风中
用它去摇云的土地

月亮释放迷雾
太阳不想我们去捡拾果实
只有星星同意露珠的转述

4

种一棵树在天空
空空如也时它最巨大
一片云还只是一片叶子
而整个蔚蓝却只是它的呼吸
一个透明果子蓄满风暴

5

种一棵树在人海
各自打着各自的伞前行
却要承受别人的哭泣
抖落的忧伤纠缠在一起
分不清谁安慰了谁

6

种一棵树在梦中
微笑如枝叶
无声无息伸进时间
沉睡中有无数只手抓挠
众多手指都摸向孤独
醒来后，你却扔掉了一座森林

（2020 年 3 月 12 日）

人间四月天

尽头。走过的沙滩，繁华撒落耳语
两行沉船蓄满五彩缤纷的慰藉
虚白越来越长，长进离去之后的慵懒
那时花蕾打出乱拳，刚好停在触及你的弧面上
而今新叶绽放，它要擦拭未完成的设想
靠在一起的温热，于潜意识中幸福最长
当风开始专注享受时，果子准备敲响晨钟
独角蒜悄悄伸出青青指甲
准备衔接那段被剪掉的时光
雨倏忽而来，它在橱窗上临摹根系
和沉默时纠缠不清的道路
四月，不允许我喊出来
漫天飞絮涌进转换的潮水
群星在你云层下缓缓移动
阳光开始锻打利刃，那是揉搓了很久的寂寞
它只允许碎裂，不承认锈蚀

（2020 年 4 月 18 日）

最后的土地（外四首）

拆迁完后，母亲还经常去看老宅
那里只剩下一堆堆瓦砾

她不时从废墟里带回一些旧物
一把点种的小尖锄，一块磨薄了岁月的磨刀石

有一天，她刨了三个小时
拎回来一只自家腌菜的小瓦缸

她拎着瓦缸时，一脸安详
仿佛拎回了一家人腌在废墟里的时光

1. 老宅基地成为环城大道一部分

老宅，不，是老宅基地
成为环城风景大道一部分后
母亲再也不去看记忆中的老宅
即使散步的时候，也不走到那里去

父亲的坟还没迁，还在老宅南边几百米
母亲还是不去老宅存在过的地方

母亲独自一人住八十平方米的新居
新居在二楼，走下来很方便
但是很少人来串门，亲戚也很少来

在土地上很容易遇见另外一个自己
你父亲真有福啊，这么多人陪他
一天到晚车水马龙，总有人来来往往

2. 还剩下九块菜地

所有田都被征完，老房子也拆了
只剩下九块菜地，在安置区边上
忽然想起了割资本主义尾巴
这九块地仿佛是九只能下蛋的母鸡

一块白菜，一块辣椒，其余的每样种半块
葱、蒜、韭、芫荽种在一块地里
一年四季都被挤得满满的
这九块地将要挤满母亲的余生
像当年一瓶菜油，要刷遍三百六十五天

已经七十多岁了，小儿子发誓再不种菜
大儿子偶尔回去，无所事事，只好挖地浇水
母亲看出了儿子的不情愿，幽幽叹了一口气
早点把这九块地征用了吧，儿女走在母亲前面
虽然不幸，却可以获得无数场痛彻肺腑的恸哭

她不希望死后这九块地还在那里

路一直在给天空写信

她不敢想这九块地荒芜的样子
像九个没有母亲的孩子孤苦无依

3. 就这么种吧

芫荽的种子是红色的
撒在平整好的菜地上，像点点血痕

鸟群不时光顾，很快啄完眼红的事物
母亲又撒上一把种子，隔几天撒第三次

半个月过去，其余的种子长出了茂密的芽
芫荽发的芽却像晨星一样寥落

要么再补点种子，用碎土盖上
母亲说不用，就这么种吧，一直是这样种的

芫荽不是大把吃的菜，鸟儿也知道它香呢
土地和人一样，也要做些无用功

4. 先埋到异乡

在开始征地的时候，村里就安排好了大事
在河那边几十里外买了一片山坡

坟里的人，和现在、以后死的人
都必须埋到那遥远的公共墓地
一个村的人都将在那里重新集合

迁坟一座赔偿三千元，政府钱不够
暂时未列入红线内的坟不迁

母亲得了白血病，她经常观看新逝者的丧仪
他们都是在火化后，被埋到几十里外

回来之后她总是对我说
我会比你父亲先埋到异乡

（2020 年 4 月 22 日）

路一直在给天空写信

在内心完成对一只鸡的祭祀

一刀就把它封闭在喑哑里
捧着温软的躯体，我在潜意识中
想继续听一只鸡未表明的内心
像一个刚丧偶的男人，抱着横死的妻子
撕心裂肺，想让她说出无尽的眷恋和指责

我已做好了准备，在失去另一半时
另一半，其实早已在自己身上
全部的善良、温柔、勤俭、奉献、牺牲
我早已像鸡一样，为了所谓的明天
对嗟来之食，一粒一啄，一啄一叩头
在逼仄的土地上，用趾爪奋力撕扒
把更渺小的蝼蚁翻炒，留给身边的儿女
对于人心，从无把握，出于本能奋不顾身
张开翅膀，遮挡住所有危机
狗和猫，蛇与蜈蚣，我有披上盔甲的尖喙

一生中难有愉快的歌喉
叫白时光，时光不属于自己
生下后代，后代绝大部分惨遭杀戮
人们一口吞下，我洁白的泪
包裹的鲜黄的太阳，甚至搅散

181

与草木配伍，调进尘世深刻的味道
哦，还要随时等待一只鹰
凌空而下，掐断一线生机
对于蒸煮或爆炒，已经很不错了，有幸先死亡
避免像人，活着被千刀万剐
看来，一只鸡的罪孽不比人深重

原谅我，在吸完髓吐出骨之后
满嘴弥漫余香，然后扫拢毛
收集满是刀伤的骨骼，特别是被抛弃的头颅
找到指甲——透明的浅袜
以一种稍微完整的礼仪，把你葬在人间的虚饰里
仿佛古代天子祭祀天地，也许还应该下罪己诏
我只知道，我很早就欠鸡一份虔诚的祭祀
我一定要完成它

（2020 年 4 月 29 日）

路一直在给天空写信

182

我经过的地方都是我的前方

——献给伟大的爱国主义诗人屈原

向南，向西，入溆浦时空徜徉
身后的天空都已塌陷，我撑起自己
就是撑起前方浩瀚星辰的肃穆，山峰
将楚地未来的黎明，安放在荡气回肠的眺望中

与我相逢的人啊，一袭文身都长锈了
插满羽饰的祖先，晃动鲜血浸透的铃钹
固守荆棘中的跋涉，一朵芰苞紧握幽暗
像嶙峋巨石握着孤愤，从水底缓缓向上攀登

雪峰有多峻啊，冰霜镀亮松涛和鹤鸣
云梦如此宽广，每前进一步，秋风和星子
就紧跟一步，每寸土地都在传递惊悸
这山山水水，使我常常忘记吟哦
巫师依然癫狂，傩面犹在自慰，而鹤已起舞
这一切都在等待我啊，等待我发自肺腑
楚地一样深沉的不绝长——兮

等待我，昳丽的英姿佩戴峨冠
等待我，清亮的眸子点燃灵魂
等待我，犀利的论辩折弯时空

等待我，亲畏的法度安定民生
我在楚国的身上等待自己
我在自己的身上等待楚国
而我等来的，是一场奔走

一顶王冠如飞蓬，在辽阔的土地上坠落
蚂蚁爬过日复一日，而蚁鼻钱没有外圆内方
凤鸟飞翔飘逸，而鸟篆失却堂堂正正
风雨，挟带困惑的风雨，压向暮霭沉沉楚天阔
举世皆醉而我醒，只有我独自祭奠大地

走吧，走吧，不要停留
秦地的呐喊越来越近
楚宫的哀怨渐弱渐微
等不来的，等不来的
洲之宿莽潜伏着巨大的宿命，山的丛林横生枝节
整个鄢郢都是囚，人间不都是囚吗
我也是囚啊，心甘情愿的楚囚
就让我囚在自身的火焰中飘零

你一觞来，我一角还
彭咸哟，你是我的归宿，我肯定要敬你
就在前天，秋菊的手指撇过甘露的泪珠
天帝哟，你是我的疑窦，我问过你
就在当时，夏夜的流萤划过梦中的光明
而只有渔父哟，我只能反问你
让我在你的院子里种一棵孤独的橘树吧
让我把你网眼上张结的水膜刺破

山鬼啊，你的魅影是残破的网

离开的那一天，我就死了
不死，就不会离开
路漫漫兮，上下求索的人必须先死
道路本来就是绝望和希望的连续
涉江，渡过沅湘，风把起伏揉搓
我要引湘北的水去清洗祖先的血迹
冬天里芦苇叶是一支支冰戈
从中穿过的人，披上映日的寒芒

我生下来就哭了，是因为你
我行走中一直在哭，还是因为你
此后，就让你哭我吧，无国就无故乡
谁说山河到处是故乡，我无法复制申包胥的哀告
哦，山河也必须死过一回
之后，我只承认自己的拥抱

在蚌的泪里，一粒粒沙都在向珍珠奔跑
最大的瑾，最亮的瑜，也是时间的沙砾
只有沙能掩饰自身的光芒，击穿水的虚夸
在流动的河床上沉落梦想，沉落我的楚国
日中之乌啊，山中之鬼，在水一方的佳人
每一粒沙都是苍生的魂魄，坚硬而剔透
在旋荡里我缓缓沉落，沉落在祖先的胸膛
一粒沙就是一滴泪啊，沙浸出了一条江

那怎么追得上，河流怎么能追得上风

孔子说不舍昼夜，时间已提前到达远方
把鞋子放在江边，我让河流穿上了洁白的鞋子
那个斩鸡沥血的人，那个摇桨呼号的人
那个沿岸奔跑的人，那群驱赶鱼虾的人
我代替你们死去，我代替你们新生
一朵朵流云佩戴在天空的胸膛
楚地收藏倏忽而过的灵魂

神啊，享有山川的主，替我抽出那把剑吧
我一直佩带在身上，未曾斩向风云
因为我把自己磨成了剑，在铗中长鸣
因为我呼号而过的羊肠小径，都成了陆离长铗
我用生命磨去的锈蚀，始终会保养锋芒
而在滚滚乌云后面，必定有突然的闪光
如果谁想到了天空的沉默
谁就一定想到了大地在凝眸

香艾插在门框，粽子抛向水中
诗篇埋进水里，寻找翻波犁浪
用心去死，向死而生，谁能找得到躯体
五月，我倾斜的身影支撑天地
江水尽情翻晒诗歌浸泡的历史
长太息兮，有水的地方都在进献风雨

舟浮在水中，桡举成简册
骖在静默，在呼吸
一匹红绸拦住历史的哀愁
哦，请回到决绝前的凝重

路一直在给天空写信

鼓声响起，带动江河，带动宇宙
起伏的心跳响起，成群的白鹤在前方引路
雷声甩开了刺刺燃烧的长鞭
闪电的根系上长出片片墨荷

划，划，划
夹岸的欢呼将江水抬得越来越高
龙已上碧霄，呐喊使长空辽阔
世间的仰视汇聚一条河流
时间从来都是沿着闪电想象
风之上，云之上，天宇澄澈清明
太阳只不过是我呕出的心
光明成就无所不在的寓言

烈士的终站就是诗人的起点①
火焰的源头是诗歌
诗歌的源头是系念
还魂三户地，呵壁九歌心
两岸的人群，是我广袖上五彩的花朵
崇山峻岭都是春天在奔跑

最初的疑问成了数千年后的回响
第一个祭祀的人并没有想到仪式
他一拜使江水沉默，再拜让江水颤抖
三拜令江水燃烧，楚王的台榭已成荒丘
多少人路过这大地上的泪痕
都要招来风雨洗刷内心

我站在你清瘦的画像下
肩颈上没披黄色的绶带
就像你挺立涉江的船头
身上没有一个王朝的印绶
空空如也的人承载最大的负荷
多少人假借诗歌致敬
只有你的衣褶里，蓄满苍生的皱纹
那是一条河流的波痕

从秭归到黔湘，我走了将近一生
从黔湘走下去，我已经走了两千年
月亮是空的吗，我在路上
河流是空的吗，我在路上
山有人兮江有月，森林的影子熙熙攘攘
我提着内心的月亮探寻一条河流
一半涛声埋我，埋我在江上清风，渔歌互答
一半涛声生我，生我在水木芙蓉，火焰连波

神啊，谁说江上万古悲风，山间明月空落
祭祀我的波涛联系世界的河流
重塑我的厚土加入辽阔的大地
每一声鹤唳都是一颗传世的种子

黄河啊，长江
自我而后开始融合
融合成兮字蔚蓝色的笔画
系在我身上就是凌风的飘带
我是过去之神，我是现在之神，我是未来之神

我披着发，我跣着足，我拈着花，我仗着剑
我的行走就是水的行走，每一步都是壮阔
我经过的地方都是我的前方

我要宽恕，宽恕一切
怀王，子兰，靳尚，郑袖，女嬃，渔父
祖先，敌国，天帝，彭咸，山鬼，鱼鳖
统统宽恕你们，代表诗歌宽恕你们
代表时间宽恕你们，像铁宽恕铁锈
像火焰宽恕灰烬，宽恕你们为我
为永恒的火焰淬炼，像风为火焰的舞蹈呐喊
在我驰骋的道路上，你们都举着火把

楚歌啊，我投入你，我是你的指纹
你按向哪里，哪里就有一朵摇曳的芰荷
在它们纷举火焰的五月，我将不停燃烧
我是敞开的激流，欢迎风雨滑翔
我是飞扬的旗帜，引领山河向前
看啊，连绵的群山，为我戴上了冠冕
两岸的灯火，扣拢时间宽阔的霓裳
满天星子，挣脱黑暗的褪褓，在我的梦里沸腾

（2020 年 5 月）

注：①这是余光中先生《汨罗江神》一诗的起句。

燃烧的烟蒂落在泡沫上

拆快递包装的时候，一不小心
燃烧的烟蒂落在泡沫上
一滴火星瞬间陷入云层，无迹可寻
在它的内心掩埋着火的路径
仿佛母亲，无声无息
收藏了岁月的灼烤

（2020 年 5 月 9 日）

路一直在给天空写信

190

一块老手表

我有一块老手表，经常罢工
只要离开我的手腕，不要多久
它就会停下脚步，我不敢随便取下它
洗澡，运动，我都在担心
甚至睡觉，我都戴着它
我怀疑它熟悉了我的心跳和脉搏
没有听到我的心脉跳动，它就会休克
就会陷入巨大的恐慌，丧失朝前走的勇气
它的心，就会停在对和我一起律动的怀念里
它多么像我的老母亲，在游人如织的街道和景区
只要我一离开，她就坐在那里等待

（2020 年 5 月 9 日）

191

520，形音的虚无

一张嘴被反复扭曲
露出的尾巴背叛了惊讶
封闭在内心最完整
那是时间为虚白戴上的指环
从此，再宽广的世界都被摒弃

爱不靠谐音表达
暧昧的边界，站在大海边呼喊
礁石才是退潮之后的真相
沉静的伫望从来不需要约束

在这个阴雨天，蜘蛛离开了床
它坠下一个句号，如你混浊的泪滴
存在风中的是能放过风的事物
丝线很坚韧，那时身影像行道树
阳光灿烂肩并肩的日子，记忆的位置
都被潮湿的地面收藏

可能含混不清的
是你会说，哎，哎，哎
笨拙挡了道
你喜欢在爱的前方

一直有人那么笨拙
总是在你期待的时候戛然而止

（2020 年 5 月 20 日）

辑三　爱恨交织

在细雨中做过一件正确的事

内心乘坐漂浮的茶梗，时间漾出很多圈套
在动荡中，定海神针兀自苦涩，梦魇氤氲

起风是很正常的，缥缈瞬间渴望裁取晚妆
重重帘幕，包裹世事纷纭，花瓣上开始攒积轻咳

此刻的凝视濡湿离去时的背影，远方悄悄沉重
未曾回答的问题掺入溪水，跌落加大明月的回声

青山的锯齿获得生锈后的安宁，它拒绝锋芒朝上
过错已经不愿拉动，一声长啸松弛了惊雷

苍茫啊，苍茫，隐身而入是多么热烈的恬淡
我们终于升起巨大的帆，海无处不在

（2020 年 7 月 22 日）

路一直在给天空 ✉ 写信

194

仔　鼠

十年前的春天，旧居厕所里
一只仔鼠在攀缘空调管时
掉在水桶里，它努力游动
张开嘴，像一个婴儿在哭叫
准确地说，像孕期一两个月的胚胎，在呼喊
但是，桶里不是羊水，它也没有脐带
我把它连同水倒进排便器，冲进了下水道
这一幕，被年仅两岁的儿子看到了
我抱起儿子，迅速走进了卧室
人在四五岁前的记忆是会被清零的
对此，我毫不担忧，我担心的是
妻子说过，第二胎意外流产时
她看到，一两个月大的胚胎，像一只仔鼠
时间也有三年多了，到儿子两岁时
应该不会相逢吧，在那漆黑的下水道里

（2020 年 12 月 17 日）

辑三　爱恨交织

在空缺处寻找完美

——为学妹司小丽剪纸艺术而作

时间在锋刃交叉中，行走、停顿、旋转
生活和历史，从缝隙挣破束缚
当然，还有平淡，还有内心的渴望

谁的道路都是封闭的，小心啊
要多走，尽可能多走，多些曲折
才能走完自己想要的丰富和精彩
河流都是弯的，风雨也是

在一张纸上，剔除多余的东西
抠出机缘，抠出血脉、经络、骨骼
抠出爱恨、沉默，还有生死

最后，你会感到大地也空灵起来
抖落剪子的哭泣，也抖落自身的哭泣
原来，世界居然这么简单

（2021年2月18日）

新疆棉花

昼夜温差很大
长绒棉一直白着
它的白没有温差

可以拆成烈日的白
也可以拆成月亮的白
可以拆成白纸黑字的白
也可以拆成白忙活的白

拆完了，一揉，还是那种白
羊脂玉和雪山的白
埋在地下，迎着时间，丝毫不改的白

（2021 年 4 月 1 日）

应该还有一个更大的月亮

1

全部的白昼深埋着寂寞
我们一直没看到，黑暗这条鱼

它有多么巨大，比庄子的鲲鹏还大
吐出一个气泡，明月便高悬所有人头顶

可我还是看不到这尾鱼，只能想象它像黑暗一样存在
尾巴轻轻一甩，满河汉的星子都躲在波涛里

应该还有一个更大的月亮，它把一切包裹在内
自身的黑暗，与他人的光明，都在飘升

在这里面，全部的时间就是一枚薄薄的甜梦
随时能扎破它，随时又能缝补上它

多么无奈，我们始终无法突围而出

2

黑暗，这条鱼的深呼吸真的憋得久

一个月才吐出一个成形的气泡

（2021 年 9 月 20 日）

辑
三
　
爱
恨
交
织

刹那间的分离

——致人与猴

1

仿佛在我的梦里，你缓缓而起
扔下自我的形骸，与亿万年的云烟
回身一揖，世界就开始站立

2

包括匍匐，攀缘，长啸，龇牙咧嘴
深陷时间的内部，蹲坐时欲罢不能
高耸的眉弓，藏有黑色眼珠一样骨碌碌的心
大多数时候，无所适从，不知道毛茸茸的恐慌

3

前面的，后面的，都是为时间而设
有太多可供挥霍，唯一缺乏忧愁的表情
宇宙只是枝丫，峡谷往后的速度如同疾风
但是你，一旦放弃了我，你必须为未来抛弃前世
你比我更优越，你比我缺陷更大

4

天崩地裂，海浪托管尘世的梦想
它涌凑的花朵，开在脱胎换骨的霞光里
借助一根棍子，成为你的漩涡
而你，无法找到沉默时的荒芜

5

在地球这个弧面上，沧海桑田一样弯曲
因为四肢着地，脊背复印日月星辰，尾巴
那是我另一条道路，而你尽管踏在风云上
却无法倒悬，高高挂在欲望的苦海上

6

刹那间的分离，我停滞了，你走远了
我在你背后的凝望，是有泪的，别离的光闪烁星辰
我是决绝的，恐怕你做不到
让你我永远分离，偶尔结合，在梦里
你不会在阳光下显现我，即使在你最急迫的时候
你也要学会不向茫然抓取，而是切断自己的罪因

（2021 年 9 月 30 日）

献给父亲（二首）

1. 小寒

是的，是小寒，天已寒，地还未冻
还可以就着水塘边洗芹菜
那些芹菜刚刚离开松软的菜畦
像我们兄弟刚刚从被窝里出来
还可以把手泡在雪水里抠拆根系
还可以把红肿的手指放在嘴边呵气
还可以忍受那钻心的疼痛
还可以在几乎麻木的情况下
不停拨动体内刀片一般的琴键
是的，还只是小寒
父亲不会把双手插在军棉衣的袖管里
那件军棉衣我把它烧了，在父亲死后满七那天
那天，刚好是二十年前的小寒
那天，我确信今生
再也不会把一双手插在袖管里

2. 挂在墙上的锄

那枚锈钉拎住了重点，像拎着我的衣领
那正是父亲把锄挥到最高点的时候

我有向上的感觉，而锄却要落下来
是的，它就要落下来

再不落下来，锈蚀就会淹没恐慌
遗像中的父亲被惊动，他迎着阳光

躬身举起残余的锋芒

（2021 年 11 月）

习惯了睡在床的一边

——2021 年情人节给妻子

我看过那张床，属于我们的床
你应该是经常睡在一边
那一边，有时间持久压迫的凹痕
从中间开始，时间就向那一边倾斜
而我睡的一边，成了温暖的高地
近五年，我们分离了近五年
所有的冷归集在你那一边

今天清早，我看着仍在睡梦中的你
呼吸均匀，面色红润，略有鼾声
偶尔也有点呓语，模糊不清
似乎在说，世界终于没有两边
多好，温暖把我浮了起来

五年的洼地，被你我共同的温暖
悄悄注满，在悄悄流泪的睡梦中

（2021 年 12 月）

每棵银杏的内心都烧着一炉火

就这样把自己烘干了
曾经的青葱，如水的欢笑
那在春风丽日里的爱，我已经习惯了
必须让自己枯黄一次
还给那些没能够爱我的人
我的内心始终燃烧着一炉火
只不过最初的火苗，是蔚蓝色的
你觉得天空更蔚蓝，更深幽
我的火焰太弱小，煮不沸那一锅愁云
而今，我展示出一身金甲
斑斑点点，当初，都为你隐藏
那炉火呀，那时都快窒息了
唯有深秋那一袭金色长裙
肯定能掏空你犹豫时的阴影
剩下的，都是风中的火焰
在我沉默的舌尖，在你惊诧的眸子
要当心呀，这些掉落的火苗
又会点燃你，又会被我的灰烬掩埋
掩埋在无声无息的火焰里

（2021 年 12 月 10 日）

愿望的空洞

一根针，它有尾孔
还有一根线，能穿过时间之鼻
还能拈着它倒悬世间的锐利

对于手指上的梅花，母亲总是去吮吸
要告诉时间的是，在身上扎戳巢穴
我总是胸怀平静，慢慢看着痛楚消失

如果你认为没有给出答案，肯定如此
那么，你缝紧自己
并且，不要留一点空洞

（2022 年 1 月 12 日）

路一直在给天空 ✉ 写信

206

一筐砂糖橘

那筐橘子明显就多了
一个人在家与那么多橘子在筐里，不同

请同事们帮忙，吃掉一个人的拥挤
那些拥挤泛着金黄的光泽，内心成瓣开裂

每天吃上几个，似乎多了，似乎又不够
我要代表自己，恰当吃自己被代表的事物

它们内部有恐慌，紧密粘连但间隔清晰
我最大的恐慌，是整体怎么生长成分裂

如何与世界分裂，貌合神离，相安无事

（2022 年 2 月 9 日）

遇到的每一个人都是我的情人

——致 2022 年情人节

这一天，女儿去外地实习，妻子回老家
剩下我一个人，在一个城市里穿梭

离开的家人，肯定是我的情人
遇到的每一个人，也是我的情人

似乎只有我是多余的，像相邻街道的风
我的努力寻找，只是为了回到自己身边

天南海北的人啊，你有过一刻犹疑
决定回到自己身边，回到雪花落地的时刻

你每念叨一次，我就打一声喷嚏
你突然停顿，我立即就飞了起来

（2022 年 2 月 14 日）

植树节及其他

准备要掩埋的事物，都是有根系的

譬如爱，譬如恨，譬如朝露和晚霞

有一个人捧着一堆雪花，他要我种下融化

（2022 年 3 月 12 日）

静夜父子谈

时空鼓动，夜晚的腹部柔软而广袤
灾疫和一切负数，似乎应该避而不谈
所谓知音，无非是相对无言

几千年了，问与答其实一直在重复
岸上的人曲水流觞，林外的光空自徘徊
书脊里的绳线，断裂记忆

我怀疑过很多事物，并对此深信不疑
而与未来相关的，都深入呼吸里
我想你也拿起一支笔，在时时拨弄些什么

决策者毁灭自身，雅丹地貌下俱为尘土
想象有太多的愧疚，被省略的最重要
我要说的是，保护好牙齿，在咀嚼之前

（2022 年 9 月 18 日）

路一直在给天空 ✉ 写信

210

在梦中突然有了思想

突然有了思想，在梦中，突然

一个敌人，居然掐断实木钓竿的尾端
我任由他掐断，当着我的面
他却任由我抽打，用钓竿细长的梢

这个时候，思想还没有死亡
死亡是在我突然醒来，反复问
我和他，为什么能平静地等待着对方
施暴，并自信对方不会第一时间反抗

这个时候，思想彻底死亡，我开了灯
我发现追问，仍然是在梦中
而靠在床头，仿佛水在寻找悬崖

一条大河在极度干旱中，湖泊星罗棋布
你在梦中反复挣扎，支离破碎
真正醒来后，世界是统一的
我即将漱洗、如厕，自信满满出门

我与敌人是统一的，他存在于我
我们共尝艰苦，共同战斗

最后发现，这一切仍然在梦中
我就是自己的敌人

（2022 年 10 月 18 日）

路一直在给天空 写信

学语的母亲

——献给天下中风失语的母亲

等待，眼睛急切得灵光闪烁
不过，母亲没有哭泣，她只是关上了闸门
把语言的洪水，蓄得很高很高
她已经充分表达过，有缺陷，也有完美
学着发声，是在千百遍示范后

点头，摇头，伸出左手晃动，偏瘫之后
一堵墙，使她回到了一周岁左右的幼年
偶尔，母亲准确说出一个意思
那是从门缝里溜出的一缕风，为此
她咧开缺牙的嘴，自顾自笑了

我问，母亲并不答
我也没有时间，去引导她说出内心的世界
我取出药丸，放在一个瓶盖里，倒上水
齐了，我就出门了，母亲会自己吃下
那些药名稀奇古怪，不像幼年的事物简单
我也确实没有时间，在无数次反反复复后
享受幼儿准确说出话后的喜悦

那是人幼年时，母亲的一份责任

但是，母亲记住了瓶子和药的形状与颜色
这个一粒，那个二粒，还有的七粒
她把它们放在瓶盖里，在我回来时
指给我看，她的眼里满是期待
晶亮晶亮，像珍藏的我幼年学语时说出的话

（2023 年 5 月 9 日）

辑四　无法言说

比心灵更广阔的是一个喷嚏

你曾经记起过吗
天空很近
仿佛只有一个喷嚏
一个在历史深处积累了很久的
喷嚏
突然使我们怔住
在与世隔绝的空灵里
并且有泪水
没有任何缘由的泪水
就像大海的黑潮
黝黑、透明、无比温暖

（2005 年）

路一直在给天空 写信

山羊只有嘴唇没有下巴

那些山羊很有风度
它们不时昂起长须
仿佛夕阳里一个苍髯的老者
或者在风起须飘的时候
检视每一根草
就像将军在点校他的队伍
偶尔一声威严的喝令
却没有回应
它想了很久
才发现自己只有嘴唇
没有下巴
不能为自己的骄傲
提供一个支点

（2007 年 4 月）

一只羊怜悯一群羊

一群羊在吃草
有牧人的时候
它们听鞭子的啸声
有牧羊犬的时候
羊看它摇曳的尾巴
人和狗都离开了
它们听头羊絮絮叨叨的转述
这时有一只羊在想
肯定有一只羊在想
我们为什么不看云
天上的云一朵接一朵
不就像我们走在一起吗
它像一朵孤云
看着一片云淌下了山坡
情不自禁咩了一声

（2007 年 11 月 18 日）

沉默时说话多好

没有发出任何声音
但我们在说话
这是多么美妙的事情
我们以最大的声音评论
我们发现
沉默时发出最大的声音
并说出最大的秘密
竟然毫不费力

甚至说出的语言
可以与某些表情截然相反
是啊，谁能面带微笑
以最大的嗓音说出愤恨、悲哀与羞愧
那些声音裹藏在我们的内心
像尖叫裹藏在火焰的内部
沉默时说话多好

（2008 年）

椅子站起来是什么样子

那些椅子
我们从来没有想过
它们会站起来
我们想象不出
它们为什么要站起来
椅子站起来是什么样子呢
但是为什么我们总是认为
它们一直蹲坐在我们的内心
它们是可以站起来的

（2008 年）

颜色的适应差

我一直困惑不解
作为一个男性
为什么能习惯
红色、黑色等多种颜色的休闲一类上衣
比如 T 恤
有或者没有口袋
却总是不能接受一件衬衣
特别是白色的衬衣
长袖或短袖
它没有口袋
我一直困惑不解
这个口袋为什么在衬衣上
有这么重要的意义
它到底装着一些什么不需要装
却又会被立即发现的东西

（2008 年 10 月 9 日）

虚 构

虚构一顶王冠，戴在一个消失王朝的背影上
虚构一份尊严，绑在一个王朝的膝盖上
虚构一缕残阳，搜索一个王朝的宫殿
虚构一阵风，吹拂一个王朝的空荡
虚构一滴雨，浮凸一个王朝的记录
虚构一道闪电，显现一个王朝的骨骼
虚构一声雷，传递一个王朝的胸襟
虚构一场雾，笼罩一个王朝的崔嵬
虚构一天雪花，掩埋一个王朝的火焰
虚构一条道路，分隔一个王朝的荒远
虚构一个王朝，还原一个时代的节操
虚构一个时代，撬开诗歌被紧锁的喉

（2013 年 12 月 27 日）

路一直在给天空
✉ 写信

草坪里的消防栓

草坪，梳动一缕缕百无聊赖
它们终于把一个红色浮标推离中心

被排挤的虚静，离不开世俗的烈火
随时准备向前的意识，令松懈无所适从

一颗冷静的心，一个有备无患的人常常
控制不住空茫，心事沉沉者似乎应该孤独

越藏越深地醒目，越来越深地坚信
风似乎吹动了它，而波浪下面一定有时间准备咬钩

时代这条长长的线，可以认为是牵着迟钝和遗忘
也可以认为是，大面积的事物都在向着徒劳集中

（2017 年 10 月 6 日）

沉　重

—— 读尼娜·凯瑟《然后》

首先是老式火车

行驶在远方

然后乌贼开始从海底逃逸

从越来越低的天空

然后鸟群惊散

甚至来不及鸣叫

然后一个人由慢到快

拖动桌椅

准备一场孤独盛宴

然后是风

压迫所有枝梢

然后竹木努力

回到自己固定的位置

整座海洋摇摆

很多时候

看似整体的移动

都是假象

然后没有一个人来

他想象自己

站在苍茫的历史中

然后天空不停

扔下自身的沉重

扬起漫漫尘雾

虚假声势一阵阵

传递内心的孱弱

也许还有

一根洁白的绳索垂下

他想到攀爬

忽然发现

那是身体被压裂的缝隙

一缕光芒掠出

然后他感到无比轻盈

然后火车到达

艰难刹住

时代的气喘吁吁

然后大雨犁扫

四面八方都是

追赶的脚步

然后

春天正式来临

终结自身的哭泣

（2019年8月）

辑四　无法言说

雪 人

从白中拿出白，拿出形状
拿出隐藏在冷硬中的精气神
白如此憨厚，如此夸张
纯粹的事物浮凸世俗的眼光

冬天欠世界一个交代
春天欠世界一声呼唤
白欠白一种期望，它需要异物的点化
绝望不会坚持太久
希望常常使自身面目全非

溶泄的是内心
是内心的白垮塌
我拒绝成为一个人
我仅仅需要一个人的形式
真正的东西我天生具备

（2020 年 2 月 28 日）

城市上空的鸟群

有些种子必须播在风中
阳光才会长出翅膀

省略号也可以筑巢
为了兜住迷茫它随机变形

天空需要一个群体固守流浪
大地需要诗人惊慌失措

一张网撒出一片句号

（2020 年 3 月）

辑四　无法言说

重晶石

1

那只不过是最初遗落的微笑
不为什么，只是微笑

没有根，也没有茎叶
落花随风，种子常常飘零在路上

只为刹那间的闪现，多少人经历多少黑暗
执着寻找真爱，于茫茫人海

一定有脉络，微笑是由于心动
巨大的喜悦就躲在附近，颤抖地挤在一起

虚饰的泪滴，在一丛火焰上婆娑
结晶的幸福，陷入深深的绝望

2

内心沉重的炽热
在幽静的沉埋中生根发芽

无尽时间燃烧了无尽寂寞
无尽寂寞是未来的营养，譬如旷世暗哑

那些逸出的灵光，是大地迸溅的诗意
一个罪人被宣判之后的纯洁与高傲

星座都这样孤寂
最明亮的事物总是被黑暗包裹

只有时间才配剥开玲珑剔透的石榴
世俗收藏了一树死艳

（2020 年 3 月 20 日）

球形监控

从白色的蒂座上
长出一只黑色的苹果
它对准世界的一面，被咬了一口

世界，瞪着红色的血丝

（2020 年 5 月 10 日）

路一直在给天空✉写信

到山上去说

只要同行，最容易寂静
多么阔远的天地，风时缓时急

石阶蜿蜒曲折，脊椎承担着凹凸的世界
幽深谷底，似乎能听到尖锐朝天拉动锯条

内心忽然熄灭了闪电，隐隐光芒泄露创痕
云朵集中填充空空的时间

落在身上的都是琐屑，飞鸟没有一句话
青色的潮水如汹涌的人生

（2020 年 8 月 28 日）

辑四 无法言说

231

面对一口棺材

此刻，腾雾全部收拢
所有浮离凝聚成一块黑，炙热而烫目

长方体陷阱，反过来倒映在地面上
影子既空虚又沉重，人人注定安息深渊

分房而睡的夫妻，梦中喊到对方的名字
喑哑者对被喑哑者窃笑，门已经关闭

没有台阶向内心垂递，没有跫音分辨来者
你举起了火把吗？我遗落了自己的罪证

是的，那是我对死亡的信仰，我愧对它
犹如我对信仰的死亡，我坚守它

（2020 年 9 月 1 日）

路一直在给天空 写信

删　了

我问过路
在问路的地方
把明月删了

我登过山
在上山的时候
把云雾删了

一个朋友也写诗，也上传药方
我把他的诗删了
只留下药方

最后
我把药方也删了
只留下病

（2020 年 10 月 21 日）

深夜的切割

每晚零点，一列火车快速穿过城市后
一辆改装过的摩托车紧跟着呼啸而过
每晚都是如此，从无例外

是上个时代的列车，咣当咣当
已经达到了它速度的极限，还是咣当咣当
仿佛推着很宽的风前进，沉闷而压抑

那个深夜的骑行者，应该是和我一样
发现了这种沉闷，并且无法忍受
可能他曾经忍受过，有一天他决定改变

他把功率改到最大，轮子加到最宽
最后，他把自己打磨得最锐利
像闪电一样迅速撕裂，留下雷声轰隆追赶

零点被切开了，成了黑暗两只失聪的耳朵

奇怪的是，他不从我住的楼下返回
也许，他在旷野呼喊，并选择另一条路回家
也许，他早已原路返回，留下切割后的殷红
要第二天的朝阳带来

（2020 年 10 月 26 日）

僻室与冬阳

墙檐洒下沉重的阴影
那是为秘境防渗的基座
一顶王冠独对喧哗
幽寒足以支撑时间
明暖的潮，偶尔打上期待的沙滩
最终却退回濡染的边界
咫尺就是天涯，如果不愿意

内心在水下仰望光亮
悲悯传递混沌，如缓缓叹息
照耀被隐蔽，而温热并未阉割彻底
瓦缝难免筛漏一些渴盼
欲望，仅仅需要一丝空间

与晃晃的笼罩对抗
孤独被压缩成一个盖子
自己揭开自己，而尘世早已淹灭
可笑的是，那只是死透的一块痂
阳光的浪经常揭掉遗忘

（2020 年 11 月）

冬夜风号

每天都是这样，只是夜晚特别
如果没有黝黑的吞吐
谁也不认为这是冬天

多么辽阔的时空，全部聚集在肺腑
要吸多深的苍凉
才能呼出波澜壮阔的悲愤

一波接一波，一阵比一阵紧
似乎无穷无尽，最后总是无影无踪

没有沙滩，整个夜晚全部是海洋
恣意的横扫，反而给空旷
制造了卧室和船只

谁听见呼啸，谁就是呼啸者

我喜欢它松缓时，那片刻的安静
仿佛锯齿般的疼痛，即将启动

（2020 年 11 月 27 日）

静　谧

翻过阴坡后，风开始舒展禅的褶皱
豹子一直贴伏下去，晨雾缭绕
它的头比村庄埋得更低
它要啜饮大地的谦卑

阳光开始抽动散布的螺髻
平常的日子里，堆积于胸的事物也会旋转
在梯田的每一层平台，不为所动的
是内心明晃晃的凝固，和凝固中的迟缓
被时间打磨后，它有常新的侧面
如果鲜花盛开，塔中也需要一面镜子倾听

林荫下故事浸漫，光阴丈量深浅
它踢起的尘埃，类似梦想扩散的谜团
借助遥远吧，借助盆地的日复一日
回声败退的时候，飞鸟也停止了振翅

（2020 年 11 月）

辑四　无法言说

237

煤矿石

每一块都纯洁，粉碎也是
无所畏惧地醒目，如同隐者
幽幽渗出光芒，谁能够
吸尽尘世的白，孤独的花朵
在迷雾中握紧灰飞烟灭

慢慢散开黑色的淡定
遮掩燃烧的笑
谁也无法这么从容的，这里有
对黑暗挖掘，并不会使黑暗减少
反而使它获得更大空间
在自己的宇宙扩大，遗世独立

（2020 年）

路一直在给天空 ✉ 写信

238

铁矿石

沉重在轻浮中酣睡
浑然一体不知不觉
就像我们在世上随波逐流

夜空多么庞大
而星子使它可有可无
吸附时间的，总是尖锐的光芒
盛大正是虚晕的霓裳

粉身碎骨接近真相
纯粹必须承受残酷榨取
我们为了什么放弃芜杂
洪流难道会筛选挟裹的真实

腐烂盛开越来越薄的花
像细粒冰雹，黯然消淡的辉煌
仍然能揉搓到其中的冷硬

（2020 年）

温　暖

半途而废
温暖一生所爱

茫然无措
温暖千秋伟业

骤然停顿
温暖浩荡时空

（2020 年 12 月 19 日）

路一直在给天空 写信

装上指纹锁之后

装上指纹锁之后
我才觉得，是我自己打开了自己的门

站在自己的世界面前
我再也不用寻找那丝罅隙
用委屈的齿去适应挖好的坑

装上指纹锁之后
我更加爱惜那指上的涟漪

（2020 年 12 月）

冰　糖

明晃晃的存在，寓言如此冷峻
记忆，先于时间凝聚，并达到纯粹

多少缝隙和分裂，爱视而不见
谁都看到了甜，谁也不愿说出浮立的危机

历史，迫切需要虚幻维持浑然一体
现实因为沉静而坚固，由于热望而破碎

一口咬下去，星星炸裂在黑色的梦中
琐屑给出源源不断的津泉，生活获得了一座湖泊

（2021 年 2 月 8 日）

路一直在给天空　写信

242

房顶钉痕

钉子有泪，会流出来
会沿着钉尖的方向寻找记忆

去掉模板之后，钉子纯属多余
天下安定，有些东西必须连根拔除

天花板上，只开出一点梅花，一枚钉子，或者说
一个隐者当时屏住呼吸，躲在坑道里，噙着泪

还是暴露了位置，雪原上，伤口忍不住俯瞰
对于残留的血迹，似乎还有一种叫修补剂的东西

（2021 年 2 月 21 日）

他开了一家什么店

这条街上，多是律师事务所、公证处
和其他街不一样，虽然也是一节街让一截路

他开了一家什么店，很驳杂
没有一个营业执照，但顾客盈门

有茶，有座，有窃窃私语，在尽头拐弯处
更多是离开后的沉默，统治了一条街

所有的店都没有他生意好
据说，他只聆听，并不写诗

中间一段荒地，每天尘土飞扬
他越过荒芜抢得先机，或者是他安排了这段荒芜

人们说，他真正让我们所需
还忘记了自己已经付过费

（2021 年 2 月 28 日）

未剥开的蒜苋

败絮和敝衣，掩盖不住辛香鼓突
在旗杆的周围，骨骼握成拳
根系缩结刀痕，处子围坐静默
相濡以沫，同气相求，心的形状整齐划一

在这守身如玉的内部，应该有一首歌
正努力泄露日渐干枯的往事
满天星子，似乎幻想过类似的命运
宇宙，也许是这样滚动，或者悄悄生长

一切事物都有终止的时刻，捏遍周身
空瘪的陷落还在继续，现实还在营造宫殿
找到属于自己的梦后，尖尖的喙
开始啄破时间，丝丝青涩掏空生命的寓言

（2021 年 3 月 1 日）

决心立即去学驾驶

报名已经两年了，也拖了两年
是因为发现这两年，走走路就可以对付
自己的时间不需要自己去追赶
特别，是坐在不属于自己的速度上

最近，一个朋友跟我说了一句话
为了能很快越过这句话，并且
在这句话前远远地停住，继续走路
我决心立即去学驾驶

（2021 年 4 月 21 日）

路一直在给天空 ✉ 写信

如果洪流中有漩涡（组诗）

塔

依靠的是内心的虚静
四周晃晃的光明

一根桅杆，节节收缩恐慌和孱弱
群山支不起阴影的倾斜

如果失去了空旷
世界将无力抵挡八面来风

美好的事物
都有达到顶点时的宿命

需要洞察的
是外表对内心的模仿

时间在幽暗中缓缓递出
一把测度的曲尺

谁在汇聚仰视？致命的诱惑
那是台阶

鼾

海，还在奔涌
高远的天和平展的大地
并没有差距

山峰轰然隆起
干枯在灵魂中渐渐升腾

沙漠有强烈渴望
风抚慰每一块砾石
有棱有角的声音刮走夜晚

千百次挤压
才润泽了一次持续百年的荒芜

无法泵及的高度
都是空洞和虚幻在支撑
呼喇喇的旗帜是内心的火在抖动

榫卯

直角，锐角，长方体，或者外宽内窄
要埋没在结构里面的，都棱角分明

它们与合谋还有一段距离
这不是分娩，是接骨

千疮百孔对上严丝合缝
死亡与新生浑然一体

不怕你不入瓮，时间稳定诱惑
你有形状，我有陷阱

开始认识疼痛
意味着历史开始成形

马宁广场看泡泡秀

长沙华谊电影小镇，马宁广场
下午四点半，小丑开始挥洒泡泡

一群小孩子围着头顶上的泡泡追抢
泡泡越拉越大，颜色也越来越多彩

下午的阳光斜射在一面意大利墙上
铁窗户上的环，仿佛也连成了泡泡

那么多的泡泡都落了地，包括那个心形的
人们越来越多，都想找回属于自己的泡泡

只有一个泡泡飞呀飞，飞上了十九世纪
飞到了马宁面前，那个泡泡是他吹出来的

（2021 年 8 月 17 日）

一摞空花盆

最底层是一个大圆盆，然后
稍小的圆盆，七边、五边、四边形
最后，是一个纺锤体的小圆钵
在规则的花蕊中，不大不小
刚好种下一张惊讶的口

人有多少边沿
可以一瓣一瓣填满内心
并喊出空洞盛开的形状

（2021 年 11 月 5 日）

薄　暮

已经酝酿很久，胸臆渐渐升腾
天地逼近昏沉，一片微明控制内心的盖子

事物只剩下轮廓，据说时空早已腐烂
对于悲喜，你丧失了重新区别的冲动

寒鸦和流水，保持独立者的清醒
它们与风结合，把线索隐隐约约描绘

一个人踽踽而行，始终在醉意里
未来翻江倒海，现实却平静如初

如果就这样消失，你得有多大的勇气
如果就这样消失，你将与星子一起黯淡

（2021 年 12 月 3 日）

辑四　无法言说

天上的事物

太远了吧，那么多眼睛都瞪亮了
它们努力想看明白，我们也曾这样
父亲忘记了还有如此存在，他怀疑过
最终，他把背书交给四季和风雨
不会犹豫的人，早已抛弃另一个世界
纯粹的人生，似乎可以俯瞰一切
卑微并不等同怯懦，那些说出的幻想
落叶般撒落大地，谁抓住过呢
我们在河流里沐浴，时间无声无息流动
天上的事物也等同尘垢，随荡涤而去

（2021 年 12 月 18 日）

路一直在给天空 写信

乌贼与柠果

分开成两部分，脊椎骨是一部分
那恰恰用于剥离，刀刃有依据

任何柔软的事物，底气都无比坚强
懦弱被和盘托出，横在内心的是蔑视

要不然，我凭什么存在
要不然，你凭什么尽兴

那片椭圆形的轻舟，使无关者相似

（2022 年 6 月 7 日）

路一直在给天空写信

其实，路一直在等待天空
等待天空跌落一朵白云，有意无意
给痴望者一个虚无而沉重的安慰

左一撇，是一条路
右一捺，又是一条路
或者一个转折，还是一条路

如果在一横上加一点
那就是在路上放了一块石头

只有那一竖，怎么也写不到头
那是路与天空搭上了关系

或者说，路把最后一笔写上了天空

（2022 年 9 月）

对于大的事物我避之唯恐不及

这些年，对于大，特别是大中见大
我避之唯恐不及，它更像是空穴来风

我只需口罩大的空间，和手机大的光明
对于更大的事物，我总是侧身而过

中国这么多人，有多少人能与我互递一支烟
内心包裹着云雾，却一定要借对方的火

（2022 年 11 月）

门前两株栀子花

一株在左，一株在右
右边的屋檐外是两个单元的空处

太阳每天东升西落
在左边待的时间，仿佛那只斑鸠的翅膀

同样的青翠，右边的那株开了花
左边的这株，一直没有开花

蝗虫啃吃过两株花的树叶
留下的齿痕都有阳光洁白的香味

右边的那株说，我开过一次花
左边的这株想，我还有一次花没开

（2023 年 7 月）

此　刻

——题北岛画作《此刻》

此刻，即将确定生死，心中随之一派茫然
雨，花瓣，或者雪花，隐藏在偈语之后

此刻，蝌蚪在纸上的水里漶漫
心中有一群鸟迁徙而来，鸣唳种子般撒落

此刻，惶恐侵袭了所有角落
纱巾开始包裹火焰，有人在摸索

此刻，一切都达成了和解
揉搓的手抽出远方的闪电

（2023 年 10 月 25 日）

一缕烟在上升

一生的焦灼点燃空旷
我们仅仅只有尺余高的天空

虚无翻滚上升，以一条直线收拢世界
但它早已准备好于风的底线拐弯

已经对天地敬献赤诚
此后的散漫是对前生的补偿

有人相信是种下了一棵树
时光在未来的孤独里盛开，并逃逸

（2023 年 10 月 25 日）

路一直在给天空 写信

冬天穿过一条短巷

一栋楼的消防通道，长方形，很高
说它是短巷，只能从哲学上说

如果是冬天，恰好北风凛冽
那就是哲学运用在生活中

所有的事物归于一个口子，如酒
香气真冷啊，推动所有穿肠而过的人

一个人像风，是风的一部分
一个人也是生活，自然也是生活的一部分

被时间液压而出，非常迟缓
一群恶人让我如此艰难

巷子外是更宽广的风
像一个好人，让我感觉到更大的挤压
在一阵空茫之后

（2023 年 12 月 7 日）

常常独自流泪的人

茫茫白云之上，山巅筑起流泉冲刷的坟
回到万家灯火，四壁推开逼仄
那些常常独自流泪的人，把来路埋进沉默

有那么几个人，历史上仅仅几个
我常常为他们焚香，在流泪的同时
袅袅烟缕，仿佛向上翻滚的河

必须向上流，才能到达人间
才能到达天堂后面的地狱
我对此深信不疑，彗星的光迹要天空擦拭

他们坚信后来有人会这样，没有一丝犹疑
相信未来，等于肯定空旷
一根琴弦，糅合了所有的生长与灭绝

在根系上，谁作了那颗颗氪瘤
自己肥沃时间的贫瘠与荒芜
常常独自流泪的人，没有拾起一粒果实

他们枕着山河，在内心痛哭
他们把收获给了我，我的银行不断减息

（2024 年 1 月 3 日）

墙底下的黑色塑料袋

匍匐，哀叹，低首之后向苍天鼓动
努力挣扎，站起来之后又瘫倒

阴灵与鬼魅，自己掩袖工谗
铺开空落落的胸怀，兜住内心的空虚

随风飘荡，抖响时代的脆冷
如果不抖落干净，绝望会如影随形

在缝隙中纠缠，就成为飘荡
到处沾挂，到处贴伏，到处扶摇直上

被风逼到墙角，借助风频频现身
那不是一个黑洞，时空也没有弯曲

（2024 年 2 月 14 日）

俄罗斯方块——填充

填充，快速下坠的时间寻找空虚
寻找内心的缝隙，以及孤独中的渴望

都在努力避免绝境，都在恐惧死亡
从天而降，方块不断变换造型，像焦灼

要保持爱的制高点，但要让它不断消减
它才能抓住那缕头发，提着刺激不停喘气

要保持预判，谁将突兀，谁将被削山填海
多少风光一时的人物，忘记了深渊比肩而立

在剖面上，每个人内心都有一道闪电
在灵魂上开一两个窍，也救不活堕落

一个时代，很多人喜欢听垮塌的声音
而我仅仅承认，那只不过是剥落一些琐屑

你实际上还渴望与世界保持联系
渴望天地间的平衡，不经意救赎苦难

键盘快速跳跃的愉悦，仍然无法安置危机

只有潮水肯定上涨，人们都在被吸入泄洪孔

你是一个与世无争的悲观主义者
而我，喜欢看人们在废墟上百折不回

（2024 年 6 月 7 日）

后来，路缘石押着道路

那时，路向天地铺开，路为人间腾出所有
路的两边没有中括号，路却无所不包

后来，沿基高于麻石路，石桥两边雕护栏
连绝壁都降低了身段，山与河的南北分出了阴阳

后来，路缘石开始押着道路，一直押着
路成了半尺高的河床，却要容纳下潮流与海洋

路被不允许突然消失，消失在不需要路的时候
路在查一个案子，路却被案子限制了思路

路无法带给我们绝望，我们更加绝望
路无法翻卷，无法抹平与台阶的差距

后来，路缘石押着道路
但它不承认是道路的一部分

路在模具里硬化
路在等待硬化中抽掉了模具

路是根系，路却被随时提醒

必须低矮，但必须被看护

（2024 年 7 月 19 日）

辑四　无法言说

有些事物我们害怕提及

我们谈了很多
比如夏夜的星星是狼的眼睛
罗盘就像一只不能放飞的风筝
而鞋子没有洗白刷子倒先白了

石头仍坚持自己给自己点火
我们互相敲击，没有度化天地

后来谈到沉默
谈到无以为继
其实我们都明白
有些事物未曾提及
我们害怕立刻支离破碎

（2024 年 7 月修改）

路一直在给天空写信

大风中的路灯与树

桂花树一个趔趄，失去重心
它趁机披头散发，大幅度摇摆

路灯只是弹了一下，接着握紧了拳
它暗自愤怒，浑身颤抖着欲上前

路灯想阻挡的不只是风，还有引诱
它想纠正桂花树，忘记了自己没有枝叶

本末颠倒，胜过被连根拔起
一栋楼也在摇摆，暗中支持时代的暧昧

人人都在暗自用劲，人人欲罢不能
鼓动者观察被鼓动者，风抽身而去

路灯倒下了，是因为它戴着帽子
桂花树静静矗立，它有散开的冠

这场大风针对所有事物，它不认识任何个人
而爆发的战争，是在路灯与桂花树之间

我也不想站在桂花树前，在大风中
路灯和桂花树，却共同开除了我的影子

（2024 年 9 月 25 日）

我只相信时间——作者